KiWi

Paperback

KiWi

746

Über das Buch:
Die Gespräche zwischen Gabriel García Márquez und seinem Jugendfreund, dem kolumbianischen Schriftsteller Plinio Apuleyo Mendoza, sind ein bewegendes und authentisches Dokument über Leben und Werk des Nobelpreisträgers: die Kindheit in Aracataca, die Ausbildung und die Zeit als Reporter, das Warten auf den literarischen Erfolg und schließlich der Fluch und die Einsamkeit des Ruhms. García Márquez spricht ausführlich und informativ über sein Werk, vor allem über *Hundert Jahre Einsamkeit* und *Der Herbst des Patriarchen.* Er erzählt, wie er schreibt und denkt, äußert sich dezidiert zu Literatur und Politik.

Über den Autor:
Gabriel García Márquez wurde 1928 in Aracataca, Kolumbien, geboren und arbeitete nach dem Jurastudium zunächst als Journalist. García Márquez hat ein umfangreiches erzählerisches und journalistisches Werk vorgelegt. 1982 erhielt er den Nobelpreis für Literatur. Er gilt als einer der bedeutensten und erfolgreichsten Schriftsteller der Welt.

Gabriel García Márquez

Der Geruch der Guayave

Gespräche mit
Plinio Apuleyo Mendoza

Deutsch von Tom Koenigs

Kiepenheuer & Witsch

2. Auflage 2002

Titel der Originalausgabe
El olor de la guayaba.
Conversaciones von Plinio Apuleyo Mendoza.

Deutsch von Tom Koenigs

Umschlaggestaltung: Barbara Thoben, Köln
Umschlagmotiv: Archiv für Kunst und Geschichte, Berlin
Foto Rückseite: © dpa
Gesamtherstellung: Clausen & Bosse, Leck
ISBN 3-462-03206-2

Inhalt

Herkunft

Der Zug, an den er sich später als gelb, staubig und in eine dichte Rauchwolke gehüllt erinnern sollte – dieser Zug erreichte täglich um elf Uhr morgens das Dorf, nachdem er die ausgedehnten Bananenpflanzungen durchquert hatte. Neben den Bahngleisen zogen Ochsen auf staubbedeckten Wegen langsam ihre mit Büscheln grüner Bananen beladenen Karren. Die Luft war feucht und glühend heiß, und wenn der Zug im Dorf ankam, war die Hitze so groß, daß die Frauen, die an der Bahnstation warteten, bunte Schirme aufspannten, um sich vor der Sonne zu schützen.

Die Wagen der ersten Klasse hatten Sitze aus Korbgeflecht, die der dritten, in der die Tagelöhner reisten, harte Holzbänke. Manchmal war hinten noch ein vollklimatisierter Wagen mit blauen Fenstern angekoppelt, in dem die hohen Beamten der Bananengesellschaft reisten. Die Männer, die aus diesem Wagen stiegen, hatten weder die Kleidung noch die senfgelbe Hautfarbe, noch den schläfrigen Blick der Leute, denen man in den Straßen des Dorfes begegnete. Sie waren rot wie Krebse, blond und untersetzt und kleideten sich wie Forschungsreisende mit Tropenhelmen und Gamaschen, und wenn sie ihre Frauen mitbrachten, sahen diese in ihren leichten Musselinkleidern zerbrechlich und etwas schüchtern aus.

»Nordamerikaner«, erklärte ihm sein Großvater, der Oberst, mit einem Hauch von Verachtung, derselben Verachtung, die die alten Familien des Dorfes allen Zugereisten gegenüber empfanden.

Als Gabriel zur Welt kam, waren noch Spuren des Bananenrausches zu sehen, der Jahre zuvor die ganze Gegend ergriffen hatte. Aracataca glich damals einem Wildwestdorf, nicht nur wegen des Eisenbahnzuges, der alten Holzhäuser und glühend heißen, staubigen Straßen, sondern auch wegen seiner Mythen und Sagen. Als um 1910 die United Fruit ihre Baracken im Herzen der schattigen Bananenpflanzungen aufschlug, erlebte das Dorf eine Zeit des Glanzes und Überflusses. Das Geld floß in Strömen. Man sagte, damals hätten nackte Frauen vor Magnaten, die ihre Zigaretten mit Geldscheinen anzündeten, Cumbia getanzt.
Solche Sagen und Geschichten hatten in das vergessene Nest an der Nordküste Kolumbiens Schwärme von Abenteurern und Prostituierten gelockt, »Abschaum alleinstehender Frauen und Männer, die den Maulesel an einem Balken des Hotels festbanden und als einziges Gepäck eine Truhe oder ein Kleiderbündel mitbrachten.« [1]
Für Doña Tranquilina, die Großmutter, die zu einer der ältesten Familien im Dorf gehörte, war »dieses Gewitter von unbekannten Gesichtern, von Unterständen auf öffentlichen Wegen, von Männern, die sich auf der Straße umzogen, von Frauen, die mit aufgespanntem Regenschirm auf ihren Koffern saßen, von Eseln, Eseln und nochmals Eseln, die verlassen im Stall des Hotels vor Hunger krepierten« [2], einfach der »Laubsturm«, das heißt der menschliche Ausschuß, den der Bananenreichtum nach Aracataca geschwemmt hatte.
Die Großmutter regierte im Haus, einem Haus, an das er sich später als groß und alt erinnerte, mit einem Hof, der in heißen Nächten vom Duft eines Jasminstrauches glühte, und mit unzähligen Zimmern, in denen manchmal die Toten seufzten. Für Doña Tranquilina, deren Familie von der Guajira kam, einer Halbinsel mit heißen Sandwüsten, Indios, Schmugglern und Zauberern, gab es keine genaue Grenze zwischen Toten und Lebenden. Phantastische Dinge erzählte sie wie einfache, alltägliche Vorgänge. Sie war eine kleine, drahtige Frau mit

unheimlichen blauen Augen; je älter sie wurde und je mehr ihr Augenlicht schwand, desto mehr trat jene Grenze zwischen Lebenden und Entschwundenen in den Hintergrund, so daß sie schließlich mit den Toten sprach und ihre Klagen, ihre Seufzer und ihr Weinen hörte.

Wenn die Nacht – die stickige Nacht der Tropen voller Gerüche von Narden und Jasmin und Grillenzirpen – jäh über das Haus hereinbrach, dann bannte die Großmutter den damals fünfjährigen Gabriel reglos auf seinen Stuhl, indem sie ihm mit den Toten, die dort umgingen, Angst machte: Tante Petra, Onkel Lázaro oder Tante Margarita, Margarita Márquez, die sehr schön gewesen und sehr jung gestorben war und deren Andenken im Gedächtnis von zwei Generationen der Familie weiterbrannte. »Wenn du dich rührst«, sagte die Großmutter zu dem Kind, »dann kommt Tante Petra aus ihrem Zimmer. Oder Onkel Lázaro.«

(Wenn García Márquez heute, fast fünfzig Jahre später, mitten in der Nacht in irgendeinem Hotel in Rom oder Bangkok aufwacht, überkommt ihn von neuem einen Augenblick lang der alte Schrecken seiner Kindheit: tote Verwandte, die in der Dunkelheit wohnen.)

Dieses Haus, in dem er als Kind lebte, war in Wirklichkeit nicht das Haus seiner Eltern, sondern das seiner Großeltern mütterlicherseits. Besondere Umstände hatten ihn zu einem Kind gemacht, das in einer Welt von Erwachsenen herumirrte, auf denen die Erinnerungen an Kriege, Nöte und den Glanz anderer Zeiten lastete. Luisa, seine Mutter, war eines der schönsten Mädchen im Dorf gewesen. Tochter des Obersts Márquez, eines Veteranen des Bürgerkrieges, der in der ganzen Gegend geachtet wurde, war sie in einer Atmosphäre von Strenge und Sauberkeit erzogen worden, wie sie in Kastilien sicher üblich gewesen war, denn die alten Familien dieser Gegend betonten auf solche Weise ihre Distanz zu Zugereisten und Fremden.

Der Mann, der eines Tages kam, sich über diese Distanz hinwegsetzte und ruhig und in aller Form um Luisas Hand anhielt, war einer von jenen Fremden, die bei der Familie Mißtrauen weckten. Gabriel Eligio García war als Telegrafist nach Aracataca gekommen, nachdem er sein Medizinstudium an der Universität von Cartagena aufgegeben hatte. Da er nicht über die nötigen Mittel verfügte, um sein Studium zu Ende zu bringen, hatte er beschlossen, in den Staatsdienst einzutreten und zu heiraten. Nachdem er in Gedanken alle Mädchen des Dorfes durchgegangen war, beschloß er, um die Hand von Luisa Márquez anzuhalten: Sie war hübsch, sehr vernünftig und kam aus einer angesehenen Familie. Also setzte er sich in den Kopf, sich in diesem Haus vorzustellen und seinen Heiratsantrag zu machen, ohne ihr selbst zuvor auch nur ein Wort von Liebe gesagt oder geschrieben zu haben. Aber die Familie war dagegen: Luisa sollte nicht die Frau eines Telegrafisten werden. Der Telegrafist stammte aus Bolívar, einer Provinz, in der die Leute laut und ungeniert waren und nicht die Förmlichkeit und den Anstand des Obersts und seiner Familie besaßen. Dazu war García auch noch Anhänger der Konservativen, gegen die der Oberst – manchmal sogar mit Waffen – sein Leben lang gekämpft hatte.

Um sie von diesem Freier abzubringen, wurde Luisa mit ihrer Mutter auf eine weite Reise in andere Ortschaften und entfernte Städte an der Küste geschickt. Es half nichts: In jeder Stadt gab es ein Telegrafenamt, und die Telegrafisten, Komplizen ihres Kollegen aus Aracataca, ließen dem Mädchen die Liebesbotschaften zukommen, die er ihr im Morsealphabet übermittelte. Diese Telegramme folgten ihr, wohin sie auch fuhr, so wie die gelben Schmetterlinge Mauricio Babilonia[3] folgten. Angesichts solcher Hartnäckigkeit gab die Familie schließlich nach. Nach der Hochzeit zogen Gabriel Eligio und Luisa nach Riohacha, einer alten Küstenstadt der Karibik, die zu anderen Zeiten von Seeräubern belagert worden war.

Auf Bitten des Oberst brachte Luisa ihren ersten Sohn in Aracataca zur Welt, und vielleicht um den letzten Widerschein des Unwillens, den sie durch ihre Heirat mit dem Telegrafisten erregt hatte, zum Verlöschen zu bringen, ließ sie den Neugeborenen bei seinen Großeltern in Pflege. So kam es, daß Gabriel in diesem Haus als einziger Junge inmitten unzähliger Frauen aufwuchs: Doña Tranquilina, die von den Toten sprach, als wären sie am Leben, Tante Francisca, Tante Petra und Tante Elvira – sie alle waren gespenstische Frauen, die in ihre fernen Erinnerungen versponnen waren, erstaunliche hellseherische Fähigkeiten besaßen und manchmal so abergläubisch waren wie die Guajira-Indianerinnen, aus denen die Dienerschaft im Haus bestand. Auch sie nahmen das Außerordentliche wie etwas Natürliches hin. Tante Francisca Simonosea zum Beispiel, eine kräftige, unverwüstliche Frau, setzte sich eines Tages hin und webte ihr Leichentuch. »Warum machst du denn ein Leichentuch?« fragte Gabriel. »Kind, weil ich bald sterbe«, antwortete sie. Und wirklich, als ihr Leichentuch fertig war, legte sie sich ins Bett und starb.[4]

Gabriels Großvater war jedoch die wichtigste Persönlichkeit im Haus. Bei den Mahlzeiten, bei denen nicht nur alle Frauen des Hauses zusammenkamen, sondern auch Freunde und Verwandte, die mit dem Elf-Uhr-Zug eingetroffen waren, saß der Alte am Kopf der Tafel: einäugig vom grünen Star, mit kräftigem Appetit, vorstehendem Bauch und stürmischer Sexualität, die seine Saat, Dutzende von unehelichen Kindern, in der ganzen Gegend hatte aufgehen lassen – das war Oberst Márquez, ein Liberaler aus Prinzip und im Dorf hoch geachtet. Den einzigen Mann in seinem Leben, der so weit gegangen war, ihn zu beleidigen, hatte er mit einem Schuß getötet.

Als junger Mann hatte der Oberst an den Bürgerkriegen teilgenommen, die liberale Föderalisten und Freidenker gegen die konservativen Regierungen geführt hatten, die sich auf die Großgrundbesitzer, den Klerus und die regulären Truppen stützten. Der letzte dieser Kriege, der 1899 begonnen und 1901 geendet hatte, hatte hunderttausend Tote auf den Schlachtfeldern zurückgelassen. Eine ganze Generation von jungen Liberalen, in der Verehrung für Garibaldi und den französischen Radikalismus herangewachsen und mit roten Hemden und Fahnen in den Kampf gezogen, war dort dezimiert worden. Der Oberst hatte seinen militärischen Rang bei den Kämpfen in den Küstenprovinzen erworben, wo der Krieg unter dem Oberbefehl des legendären liberalen Caudillo, General Rafael Uribe Uribe, besonders viel Blut gekostet hatte. (Einige Charakterzüge Uribes und vieles von seiner äußeren Erscheinung sollte García Márquez benutzen, um die Persönlichkeit des Obersts Aureliano Buendía zu gestalten.)

Zwischen dem sechzigjährigen Großvater, der die Erinnerung an die berauschenden Episoden jenes Krieges immer wieder aufleben ließ, und seinem fünfjährigen Enkel – den beiden einzigen Männern in einer Familie von Frauen – entwickelte sich mit der Zeit eine eigentümliche Freundschaft.

Gabriel würde immer die patriarchalisch gesetzte Art, mit der der Alte am Kopf der Tafel vor einem Teller dampfender Suppe inmitten des lebhaften Geschnatters aller Frauen des Hauses Platz nahm, in Erinnerung behalten; die Spaziergänge mit ihm durch das Dorf bei Einbruch der Dunkelheit; seine Art, mit einem plötzlichen Seufzer manchmal mitten auf der Straße stehenzubleiben, um ihm, dem fünfjährigen Jungen, zu gestehen: »Du weißt gar nicht, wie schwer ein Toter wiegt.«[5]

Gabriel würde sich auch an die Morgenstunden erinnern, in denen der Alte ihn zu den Plantagen mitnahm, um in irgendeinem der Bäche, die aus dem Gebirge kamen, zu baden: Das klare, kalte Wasser, das zwischen Steinen dahineilte, die groß und weiß waren, wie prähistorische Eier;[6] dann die Stille in den Plantagen; das geheimnisvolle Zirpen der Zikaden, wenn es anfing, heiß zu werden, und der Alte, der immer vom Bür-

gerkrieg sprach, den Kanonen, die von Maultieren gezogen wurden, den Belagerungen, den Gefechten, den Verletzten, die in den Kirchenschiffen starben, den Männern, die an den Friedhofsmauern erschossen wurden – all das sollte für immer durch die Steppen seiner Erinnerung flimmern.
Die Freunde, mit denen sich der Großvater im Café von Don Antonio Dasconti (Vorbild für Pietro Crespi aus *Hundert Jahre Einsamkeit*[7]) traf, waren alte Liberale wie er, die sich ihren militärischen Rang im Pulverdampf und Getöse des Krieges erworben hatten: Hauptmänner, Oberste und Generäle, und die Erinnerung an diesen wütenden Kampf brannte in ihren langen und sehnsuchtsvollen Gesprächen unter den Ventilatoren des Cafés weiter, so als wäre von dem, was nachher geschehen war, einschließlich des Bananenrausches, nichts mehr für ihr Leben von Bedeutung gewesen.
Der alte, wortkarge Oberst schenkte seinem Enkel die größte Aufmerksamkeit. Er hörte ihm zu, beantwortete all seine Fragen, und wenn er keine Antwort wußte, sagte er: »Mal sehen, was im Lexikon steht.« (Schon damals lernte Gabriel den Respekt vor diesem staubigen Buch, das Antwort auf so viele Rätsel enthielt.) Jedesmal, wenn ein Zirkus sein Zelt im Dorf aufschlug, nahm der Alte das Kind bei der Hand, um ihm Zigeuner, Trapezkünstler und Dromedare zu zeigen, und einmal ließ er für ihn eine Kiste mit gefrorenen Seebrassen öffnen, um ihm das Geheimnis des Eises zu enthüllen.
Es faszinierte Gabriel, mit seinem Großvater zur Grenze der Bananengesellschaft zu gehen. Auf der anderen Seite des Maschendrahtzaunes, der die Niederlassung umgab, erschien alles so sauber und kühl, ohne jede Beziehung zum Staub und zur drückenden Hitze des Dorfes. Schwimmbecken mit blauem Wasser von Tischchen und Sonnenschirmen umgeben, grüne Rasenflächen, die wie auf einer Postkarte von Virginia aussahen; Mädchen, die Tennis spielten: eine Scott-Fitzgerald-Welt mitten im Herzen der Tropen.
Gegen Abend kamen diese nordamerikanischen Mädchen

heraus, immer noch nach der Mode der zwanziger Jahre gekleidet – man hätte sie auf den Montparnasse der verrückten zwanziger Jahre oder in die Eingangshalle des Plaza-Hotels von New York versetzen können – und fuhren mit dem Auto in den glühenden Straßen von Aracataca spazieren. Das Auto war ein Kabriolett, und zwischen zwei riesigen Wolfshunden saßen sie zerbrechlich und fröhlich in ihren weißen, luftigen Musselinkleidern, als wären sie gegen die Hitze immun. Schläfrige Blicke aus offenen Türen folgten ihnen durch den Staub, den das Fahrzeug aufwirbelte.

Der Staub, die Mädchen, das Auto mit dem offenen Verdeck, das am Abend durch die Straßen fuhr; die geschlagenen, alten Offiziere und der Großvater, der immer an seine Kriege dachte; die Tanten, die ihre eigenen Leichentücher webten; die Großmutter, die mit ihren Toten sprach, und die Toten, die in den Schlafzimmern seufzten; der Jasminstrauch im Hof, die gelben, mit Bananen beladenen Züge, die Bäche mit dem frischen Wasser, das im Schatten der Plantagen floß, und die Rohrdommeln im Morgengrauen: all das sollte der Wind mit sich forttragen, wie der Wind auf den letzten Seiten von *Hundert Jahre Einsamkeit* Macondo fortträgt.

Der Tod des Großvaters, als Gabriel acht Jahre alt war, bedeutete für ihn das Ende der frühen Kindheit; auch das Ende von Aracataca. Er wurde in die weit entfernte, diesige Hauptstadt im Hochland geschickt, und er sollte erst lange nach der Aufgabe seines Jurastudiums in sein Dorf zurückkehren[8] und auch dann nur flüchtig, um die Trostlosigkeit all dessen vorzufinden, was unwiederbringlich vorbei war.

Er kam zusammen mit seiner Mutter, um das Haus zu verkaufen, das seinem Großvater gehört hatte. Auf dem heruntergekommenen Bahnhof, der früher voller Menschen mit bunten Sonnenschirmen gewesen war, stand niemand, so daß der Zug, sobald er sie in der Hitze und dem Schweigen des Mittags im entnervend trostlosen Gesang der Zikaden abgesetzt hatte, seine Fahrt fortsetzte, als sei er durch ein Gespensterdorf gekommen. Alles schien baufällig und verlassen, von der Hitze und vom Vergessen verschlungen. Der Staub der Jahre war auf die alten Holzhäuser und die halbverdorrten Mandelbäume am Dorfplatz gefallen.

Auf dem Weg durch die öden Straßen suchten Gabriel und seine Mutter in dieser zerfallenen Szenerie erschrocken nach der fernen Erinnerung an die Zeiten des munteren Treibens und Überflusses, die sie einmal erlebt hatten. Sie erkannten die Plätze und Häuser kaum wieder und konnten nicht verstehen, wie hier früher einmal vornehme Familien hatten wohnen können, Frauen in Rüschenkleidern und mürrische Generäle mit buschigen Backenbärten.

Die erste Freundin, die seine Mutter aufsuchte (sie saß in einem halbdunklen Zimmer an der Nähmaschine), schien sie im ersten Moment nicht wiederzuerkennen, so daß die beiden Frauen sich ansahen, als versuchten sie, hinter ihrem müden und gereiften Äußeren die Erinnerung an jene schönen, strahlenden Mädchen zu finden, die sie einmal gewesen waren.

Die Stimme der Freundin klang traurig und wie überrascht: »Ach, meine Liebe«, rief sie und stand auf.

Sie umarmten sich und brachen beide gleichzeitig in Tränen aus.

»Aus diesem Wiedersehen ist mein erster Roman hervorgegangen«, sagt García Márquez.

Sein erster und wahrscheinlich alle, die später noch kommen sollten.

Plinio Apuleyo Mendoza

Die Familie

GABRIEL GARCÍA MÁRQUEZ: Am lebhaftesten und häufigsten erinnere ich mich nicht so sehr an die Personen in Aracataca als an das Haus selbst, in dem ich mit meinen Großeltern gelebt habe. Auch heute noch träume ich immer wieder davon. Mehr sogar: An jedem Tag meines Lebens erwache ich mit dem Eindruck – sei er nun falsch oder richtig –, ich hätte geträumt, ich wäre in diesem Haus. Nicht, daß ich zurückgekommen wäre, sondern daß ich dort wäre, ohne Alter und ohne besonderen Grund, als hätte ich dieses alte, riesige Haus niemals verlassen. Jedoch auch im Traum dauert fort, was damals das mich beherrschende Gefühl war: die nächtliche Beklemmung, Rastlosigkeit, ein Gefühl, das bei mir unweigerlich immer bei Einbruch der Dunkelheit aufkam und mich sogar im Schlaf beunruhigte, bis ich durch die Türritzen das Licht des neuen Tages sah. Mir gelingt nicht, es genau zu bestimmen, aber es kommt mir vor, als hätte diese Beklemmung eine konkrete Ursache, daß sich nämlich in der Nacht alle Phantasien, Vorahnungen und Erinnerungen meiner Großmutter niederschlagen. Meine Beziehung zu ihr war wie eine unsichtbare Nabelschnur, durch die wir beide mit einem übernatürlichen Universum in Verbindung standen. Bei Tag fand ich die magische Welt der Großmutter faszinierend, ich lebte in ihr, es war meine eigene Welt, bei Nacht aber bereitete sie mir Entsetzen. Noch heute, wenn ich irgendwo in der Welt allein in einem Hotelzimmer liege und schlafe, wache ich manchmal plötzlich erfüllt von diesem entsetzlichen Schrekken auf, im Dunkeln allein zu sein. Ich brauche dann immer ein paar Minuten, um zu Bewußtsein zu kommen und wieder einzuschlafen. Der Großvater dagegen war für mich die absolute Sicherheit inmitten der unsicheren Welt der Großmutter. Nur in seiner Gegenwart wich die Beklemmung, und ich fühlte mich mit den Beinen auf dem Boden und dem wirklichen Leben fest verhaftet. Wenn ich es jetzt bedenke, wollte ich zwar merkwürdigerweise wie mein Großvater sein – realistisch, mutig und sicher –, konnte aber doch der ständigen Versuchung nicht widerstehen, mich in die Welt der Großmutter hineinzubegeben.

PLINIO APULEYO MENDOZA: Erzähl mir von deinem Großvater. Wie war er, was für eine Beziehung hattest du zu ihm?

G. G. M.: Oberst Nicolás Ricardo Márquez Mejía, so lautete sein vollständiger Name, ist vielleicht der Mensch in meinem Leben, mit dem ich mich am besten verständigen konnte, nur daß ich heute, aus einem Abstand von fast 50 Jahren, den Eindruck habe, daß er sich dessen nie bewußt war. Ich weiß nicht wieso, aber diese Vermutung, die bei mir aufkam, als ich erwachsen wurde, war für mich immer traumatisch. Es ist eine Art Enttäuschung, so als wäre ich für immer dazu verurteilt, mit einer Ungewißheit zu leben, die hätte aufgeklärt werden sollen, es aber nie mehr werden wird, denn der Oberst ist gestorben, als ich acht Jahre alt war. Ich habe ihn nicht sterben sehen, denn ich war in diesen Tagen weit von Aracataca entfernt in einem anderen Dorf. Die Nachricht erreichte mich nicht einmal direkt, sondern ich hörte, daß man in dem Haus, in dem ich war, darüber sprach. Ich weiß noch, daß mich das kein bißchen beeindruckt hat. Aber seit ich erwachsen bin, habe ich immer, wenn mir etwas passiert, besonders, wenn mir etwas Gutes widerfährt, das Gefühl, als fehlte mir allein noch zu meiner vollkommenen Freude, daß es mein Großvater wüßte. Alle meine Freuden als Erwachsener sind deshalb durch diesen Keim der Enttäuschung getrübt und werden es immer bleiben.

P. A. M.: Gibt es irgendeine Figur in deinen Büchern, die ihm ähnlich ist?

G. G. M.: Die einzige Figur, die meinem Großvater ähnelt, ist der namenlose Oberst im *Laubsturm.* Er ist sogar fast ein haargenaues Abbild seines Äußeren und seines Charakters, auch wenn das vielleicht ganz subjektiv ist, denn er wird im Roman nicht beschrieben, und möglicherweise gewinnt der Leser ein anderes Bild von ihm als ich. Mein Großvater hatte ein Auge auf eine Weise verloren, die mir immer zu literarisch vorkam, als daß man sie erzählen könnte: Er betrachtete durch das Fenster seines Büros gerade ein schönes, weißes Pferd, als er plötzlich etwas in seinem linken Auge spürte; er legte die Hand darüber und verlor die Sicht ohne Schmerzen. Ich selbst erinnere mich an diese Begebenheit nicht, habe sie aber von Kind an oft erzählen hören, und meine Großmutter sagte immer am Schluß: »Nur die Tränen blieben in seiner Hand.« Dieses Leiden ist bei der Person im *Laubsturm* verlagert: Der Oberst hinkt. Ich weiß nicht mehr, ob ich es im Roman erwähne, aber ich bin immer davon ausgegangen, daß die Schwierigkeiten mit diesem Bein von einer Kriegsverletzung herrühren, aus dem Bürgerkrieg der Tausend Tage, dem letzten in Kolumbien, der in den ersten Jahren dieses Jahrhunderts stattfand und in dem mein Großvater den Rang eines revolutionären Obersts auf seiten der Liberalen verdient hatte. Meine eindrucksvollste Erinnerung an meinen Großvater hat damit zu tun: Kurz vor seinem Tod, ich weiß nicht, aus welchem Anlaß, untersuchte ihn der Arzt in seinem Bett und verharrte plötzlich bei einer Narbe dicht an der Leistenbeuge. Mein Großvater sagte: »Das ist eine Schußverletzung.« Er hatte oft mit mir über den Bürgerkrieg gesprochen, und daher stammt das Interesse an dieser historischen Epoche, das in all meinen Büchern deutlich wird, er hatte mir aber nie erzählt, daß diese Narbe von einer Kugel stammte. Als er es dem Arzt sagte, war es für mich wie die Enthüllung von etwas Legendärem und Heldenhaftem.

P. A. M.: Ich habe immer geglaubt, Oberst Aureliano Buendía ähnelte deinem Großvater ...

G. G. M.: Nein, die Persönlichkeit von Oberst Aureliano Buendía ist das Gegenteil von dem Bild, das ich von meinem Großvater habe. Er war untersetzt und temperamentvoll, der Mensch mit dem größten Appetit, den ich kenne, und außerdem ein gewaltiger Schürzenjäger, wie ich erst später erfahren habe. Oberst Buendía dagegen paßt nicht nur sehr viel besser zur hageren Gestalt von General Rafael Uribe Uribe, sondern neigt auch genauso zur Strenge wie er. Ich habe Uribe Uribe natürlich nie gesehen, aber meine Großmutter hat mir erzählt, er sei vor meiner Geburt durch Aracataca gekommen und habe im Büro meines Großvaters mit anderen Veteranen seiner Kriege zusammengesessen und Bier getrunken. Meine Großmutter stellte ihn sich so vor, wie Adelaida, die Frau des Obersts im *Laubsturm*, den französischen Arzt beschreibt, als sie ihn zum ersten Mal sieht; er sah aus – wie sie selbst im Roman sagt – wie ein Offizier.[9] Es wird dort nicht gesagt, aber tief in meinem Innersten weiß ich: Sie glaubte, es wäre General Uribe Uribe.

P. A. M.: Wie siehst du die Beziehung zu deiner Mutter?

G. G. M.: Das Bezeichnende an der Beziehung zu meiner Mutter ist seit meiner frühen Kindheit die Ernsthaftigkeit. Es ist vielleicht die ernsthafteste Beziehung, die ich in meinem ganzen Leben gehabt habe, und ich glaube, es gibt nichts, was sie und ich uns nicht sagen würden, noch irgendein Thema, über das wir nicht sprechen könnten; aber wir haben das fast immer weniger im Sinne von Vertrautheit, sondern eher mit einer gewissen Strenge, die man schon fast als professionell ansehen könnte, getan. Es ist schwer, eine Vorstellung davon zu vermitteln, aber es ist so. Vielleicht liegt das daran, daß ich erst mit ihr und meinem Vater zusammengelebt habe, als ich schon meinen Verstand gebrauchen konnte – nach dem Tod meines Großvaters –, und mein Einzug ins Elternhaus muß für sie bedeutet haben, daß sie jetzt jemanden hatte, mit dem sie sich inmitten ihrer zahlreichen Kinder, die alle jünger waren als ich, verständigen konnte, jemanden, der ihr half, die häuslichen Probleme zu lösen, die bei zeitweilig extremer Armut drückend und alles andere als angenehm waren. Außerdem hatten wir nie Gelegenheit, lange Zeit unter demselben Dach zu wohnen, denn wenige Jahre später, als ich zwölf wurde, ging ich aufs Internat, erst nach Barranquilla und später nach Zipaquirá, und von damals bis heute haben wir uns nur bei kurzen Besuchen gesehen, anfangs während der Schulferien und seitdem immer, wenn ich nach Cartagena gekommen bin: nicht mehr als einmal im Jahr und nie länger als vierzehn Tage. Das schafft im Umgang unvermeidlich eine gewisse Distanz, eine gewisse Scheu, deren angenehmste Seite die Ernsthaftigkeit ist. Also gut: Seit etwa zwölf Jahren, seit ich die Mittel dazu habe, rufe ich sie jeden Sonntag zur selben Zeit an, von überall aus der Welt, und in den ganz seltenen Fällen, in denen ich es nicht gemacht habe, war es immer aus technischen Gründen. Nicht, daß ich ein getreuer Sohn wäre, wie man so sagt, ich bin kein besserer als jeder andere auch, nur habe ich immer gefunden, daß dieser sonntägliche Anruf einen Teil der Ernsthaftigkeit unserer Beziehung ausmacht.

P. A. M.: Stimmt es, daß sie mit Leichtigkeit deine Romane entschlüsselt?

G. G. M.: Ja, von all meinen Lesern hat sie wirklich den besten Instinkt und natürlich die meisten Daten, um die Personen meiner Bücher im wirklichen Leben zu identifizieren. Das ist nicht leicht, denn fast alle meine Personen setzen sich wie ein Puzzle aus Stücken von vielen verschiedenen Personen und natürlich auch aus Stücken von mir selbst zusammen. Das Verdienst meiner Mutter besteht darin, daß sie auf diesem Gebiet dieselbe Fertigkeit an den Tag legt, wie die Archäologen, denen es gelingt, ein ganzes prähistorisches Tier aus einem einzigen Rückenwirbel, der bei einer Ausgrabung gefunden wurde, zu rekonstruieren. Wenn sie meine Bücher liest, zieht sie rein instinktiv die hinzugefügten Teile ab und erkennt den ursprünglichen, den wichtigen Rückenwirbel wieder, auf dem ich die Person aufgebaut habe. Manchmal hört man sie beim Lesen sagen: »Ach, mein armer Vetter, der kommt hier ja als Schwuler vor.« Ich sage ihr, daß das nicht stimmt, daß die Person nichts mit ihrem Vetter zu tun hat, aber ich sage es nur, um etwas zu sagen, denn sie weiß, daß ich weiß, daß sie weiß ...

P. A. M.: Welche deiner Frauengestalten ist ihr ähnlich?

G. G. M.: Vor *Chronik eines angekündigten Todes* geht keine auf meine Mutter zurück. Ursula Iguarán in *Hundert Jahre Einsamkeit* hat einige Charakterzüge von ihr, aber noch viel mehr von anderen Frauen, die ich im Laufe meines Lebens kennengelernt habe. Ursula entspricht eigentlich meinem Idealbild der Frau, und zwar in dem Sinne, daß sie ein Musterbeispiel für das Wesen der Frau ist, so wie ich sie sehe. Erstaunlich dagegen ist umgekehrt die Tatsache, daß meine Mutter, je älter sie wird, dem totalisierenden Bild, das ich von Ursula hatte, immer mehr ähnelt, und die Entwicklung ihres Charakters stärker in diesem Sinne verläuft. Deswegen könnte ihr Auftreten in der *Chronik* als Wiederholung der Persönlichkeit von Ursula erscheinen. Und trotzdem stimmt das nicht: Es ist ein getreues Bild meiner Mutter, wie ich sie sehe, und deshalb steht auch ihr richtiger Name da.[10] Ihr einziger Kommentar dazu war, als sie sich dort mit ihrem zweiten Namen, Santiaga, sah, daß sie rief: »Ach Gott, mein ganzes Leben habe ich immer versucht, diesen häßlichen Namen zu verbergen, und jetzt erfährt man ihn auf der ganzen Welt und in allen Sprachen.«

P. A. M.: Du sprichst nie von deinem Vater. Wie hast du ihn in Erinnerung? Wie siehst du ihn heute?

G. G. M.: Bei meinem dreiunddreißigsten Geburtstag wurde mir plötzlich bewußt, daß mein Vater genauso alt war, als ich ihn zum erstenmal in das Haus meiner Großeltern kommen sah. Ich erinnere mich noch sehr gut daran, denn es war sein Geburtstag, und irgend jemand sagte: »Du wirst so alt wie

Christus.« Er war ein stattlicher, lustiger und sympathischer Mann mit brauner Haut, einem Anzug aus weißem Drillich und einem *canotier*-Hut: ein perfekter Karibe der dreißiger Jahre. Das Merkwürdige ist, daß ich es jetzt, wo er achtzig Jahre alt und in jeder Beziehung noch rüstig ist, nicht fertigbringe, ihn so zu sehen, wie er wirklich ist, sondern nur so, wie ich ihn damals zum erstenmal im Haus meiner Großeltern erlebt habe. Vor kurzem hat er zu einem Freund gesagt, ich sei aufgewachsen wie diese Küken, die – wie man sagt – ohne Beteiligung eines Hahnes gezeugt werden. Er hat damit treffend und in dem ihm eigenen Humor seinen Vorwurf zum Ausdruck gebracht, daß ich immer über die Beziehung zu meiner Mutter und nur selten über ihn spreche. Er hat recht. Der wirkliche Grund dafür, daß ich ihn ausschließe, liegt aber darin, daß ich ihn nur sehr wenig kenne, jedenfalls längst nicht so gut wie meine Mutter. Erst jetzt, wo wir fast gleich alt sind, wie ich manchmal zu ihm sage, haben wir ein entspanntes Verhältnis gefunden. Ich glaube, ich habe eine Erklärung dafür: als ich mit acht Jahren schließlich zu meinen Eltern zog, hatte ich ein ganz festes Vaterbild – das Bild meines Großvaters. Mein Vater ist aber nicht nur sehr verschieden von meinem Großvater, sondern fast sein Gegenteil. Sein Charakter, sein Verständnis von Autorität, seine allgemeine Lebensform und seine Vorstellung von der Beziehung zu seinen Kindern waren völlig anders. Wahrscheinlich hätte mir in meinem damaligen Alter ein so abrupter Wechsel geschadet. Infolgedessen waren unsere Beziehungen, bis ich erwachsen wurde, für mich sehr schwierig, und das war immer meine Schuld: Ich war mir nie sicher, wie ich mich ihm gegenüber verhalten und wie ich seinen Ansprüchen genügen sollte, außerdem war er damals von einer Strenge, die ich mit Verständnislosigkeit verwechselte. Trotzdem glaube ich, daß wir es beide gut gelöst haben, denn nie, in keinem Moment und aus keinerlei Anlaß, haben wir ernsthaft Streit gehabt.

Ich glaube sogar, viele Elemente meiner literarischen Begabung kommen von ihm. Er hat in seiner Jugend Gedichte geschrieben und das nicht nur heimlich, und als er der Telegrafist von Aracataca war, hat er hervorragend Geige gespielt. Gute Literatur hat ihm immer gefallen, und er hat einen solchen Lesehunger, daß man nicht zu fragen braucht, wo er ist, wenn man nach Hause kommt: Wir wissen es alle: Er sitzt in seinem Schlafzimmer und liest. Das ist der einzig ruhige Ort in diesem Tollhaus, in dem man nie weiß, wie viele zum Essen da sind, denn es gibt eine unzählige, wechselnde Schar von Kindern, Enkeln, Neffen und Nichten. Wir gehen jederzeit ein und aus, jeder mit seinen Problemen. Mein Vater liest alles, was ihm in die Hände fällt: die besten Autoren der Literatur, alle Zeitungen, Zeitschriften, Werbebroschüren, Gebrauchsanleitungen von Eisschränken, alles. Ich kenne niemanden, der stärker vom Laster des Lesens gepackt ist. Was die anderen Laster betrifft, so hat er nie einen Tropfen Alkohol getrunken, noch eine Zigarette geraucht, hat aber sechzehn legitime Kinder gehabt und wer weiß wie viele illegitime. Jetzt, mit seinen achtzig Jahren, ist er kräftiger und klarer bei Verstand als irgend jemand, den ich in diesem Alter kenne, und scheint nicht gewillt, seine Gewohnheiten zu ändern, im Gegenteil.

P. A. M.: Wir, deine Freunde, kennen alle die Rolle, die Mercedes in deinem Leben gespielt hat. Erzähl mir, wo du sie kennengelernt, wie du sie geheiratet und vor allem, wie du etwas so Seltenes wie eine glückliche Ehe zustande gebracht hast.

G. G. M.: Mercedes habe ich in Sucre kennengelernt, einem Dorf im Landesinneren nahe der karibischen Küste, wo unsere beiden Familien mehrere Jahre lang gelebt und sie und ich unsere Ferien verbracht haben. Ihr Vater und mein Vater waren Freunde von Jugend auf. Eines Tages, als sie erst dreizehn Jahre alt war, bat ich sie auf einem Schülerball ohne weitere Umschweife, mich zu heiraten.[11] Ich glaube heute, der Vorschlag war eine Metapher, um all das Hin und Her zu überspringen, das man damals mitmachen mußte, um eine Verlobte zu bekommen. Sie muß das so verstanden haben, denn wir haben uns weiter nur sporadisch und immer zufällig gesehen, und ich glaube, wir beide waren uns ohne jeden Zweifel darüber im klaren, daß die Metapher früher oder später Wirklichkeit werden würde, wie sie es wahrhaftig zehn Jahre nach ihrer Erfindung geworden ist, ohne daß wir je ein richtiges Liebespaar gewesen wären. Wir waren vielmehr ein Paar, das ohne Eile und Ängste auf etwas wartete, wovon man wußte, daß es unausweichlich war. Jetzt sind wir fast fünfundzwanzig Jahre verheiratet und haben nie einen wirklich schweren Konflikt gehabt. Ich glaube, das Geheimnis liegt darin, daß wir die Dinge weiter so verstanden haben wie vor unserer Heirat, das heißt: Die Ehe ist – wie das ganze Leben – etwas entsetzlich Schwieriges, das man jeden Tag wieder neu beginnen muß, jeden Tag unseres Lebens. Es ist eine ständige, ja oft erschöpfende Anstrengung, aber sie lohnt die Mühe. Eine Figur in irgendeinem meiner Romane sagt es in einer etwas gröberen Form: »Auch die Liebe erlernt sich.« [12]

P. A. M.: Ist irgendeine Figur in deinen Romanen von ihr inspiriert?

G. G. M.: Keine Figur in meinen Romanen ähnelt Mercedes. Die beiden Male, wo sie in *Hundert Jahre Einsamkeit* auftritt[13], ist sie sie selbst, mit ihrem richtigen Namen und ihrer Identität als Apothekerin, und dasselbe gilt für die beiden Male, wo sie in der *Chronik eines angekündigten Todes* vorkommt.[14] Ich konnte bei ihrer literarischen Verwertung nie weiter gehen, weil wahr ist, was *boutade* scheinen mag: Ich habe sie mit der Zeit so gut kennengelernt, daß ich schon nicht mehr die leiseste Vorstellung davon habe, wie sie in Wirklichkeit ist.

P. A. M.: Was bedeuten dir deine Freunde im Leben? Ist es dir gelungen, alle Freundschaften aus deiner Jugend zu bewahren?

G. G. M.: Einige sind im Lauf der Zeit auf der Strecke geblieben, aber die wichtigsten Freundschaften in meinem Leben haben alle Stürme überstanden. Das war kein Zufall, ganz im Gegenteil: Ich habe in jeder Minute meines Lebens und in jeder Lage darauf geachtet. Das liegt in meinem Charakter begründet, und ich habe es schon in vielen Interviews gesagt: Niemals und bei keiner Gelegenheit habe ich vergessen, daß ich im Grunde meiner Seele niemand anderes bin, noch je sein werde, als eines der sechzehn Kinder des Telegrafisten von Aracataca. In den letzten fünfzehn Jahren, in denen mich der Ruhm überrollt hat wie etwas Unerwünschtes, etwas, das man nicht gewollt hat, war meine schwerste Arbeit, den Fortbestand meines Privatlebens zu sichern. Das habe ich geschafft – es ist zwar reduzierter und verletzlicher als zuvor, aber ausreichend groß für das einzige, das mich schließlich und endlich im Leben interessiert, und das ist die Zuneigung meiner Kinder und Freunde. Ich reise viel durch die Welt, aber das Hauptinteresse dieser Reisen ist immer, mich mit meinen alten Freunden zu treffen, die nicht einmal zahlreich sind. Die einzige Zeit in meinem Leben, in der ich mich wirklich als ich selbst fühle, ist dann, wenn ich mit ihnen zusammen bin. In sehr kleinen Gruppen, möglichst nicht mehr als sechs auf einmal, besser noch, wenn wir nur zu viert sind. Am besten ist immer, ich lade sie zu dem Treffen ein, denn etwas, was ich sehr gut kann, ist, meine Freunde so zusammenzubringen, daß sie zueinander passen und es untereinander keine Spannungen gibt. Das nimmt natürlich viel von meiner Zeit in Anspruch, aber die nehme ich mir immer, denn diese Zeit ist für mich am wichtigsten. Ganz wenige Freunde habe ich unterwegs verloren – immer aus demselben Grund: weil sie kein Verständnis dafür haben, daß es schwierig ist, in meiner Situation zu leben, und immer die Gefahr besteht, daß eine alte Freundschaft einmal durch ein Mißgeschick oder einen Irrtum für kurze Zeit beeinträchtigt wird. Wenn ein Freund das aber nicht versteht, dann ist es leider Gottes für immer aus: Ein Freund, der kein Verständnis hat, ist ganz einfach kein so guter Freund, wie man gedacht hat. Was die Geschlechter betrifft, so mache ich auf diesem Gebiet keinen Unterschied, aber ich habe immer den Eindruck gehabt, mich besser mit Frauen als mit Männern zu verstehen. Auf jeden Fall halte ich mich für den besten Freund meiner Freunde und glaube, keiner von ihnen liebt mich so sehr, wie ich den liebe, den ich am wenigsten liebe.

P. A. M.: Du hast eine großartige Beziehung zu deinen beiden Söhnen. Wie hast du das geschafft?

G. G. M.: Die Beziehung zu meinen Söhnen ist, wie du sagst, außergewöhnlich gut, und zwar aus demselben Grund, den ich dir für die Freundschaften genannt habe. Mag ich noch so betroffen, überschäumend, zerstreut oder müde gewesen sein, ich habe immer die Zeit gefunden, mit meinen Söhnen zu reden und seit ihrer Geburt mit ihnen zusammenzusein. Seit die Kinder ihren Verstand gebrauchen können, werden in unserem Hause alle Entscheidungen diskutiert urd gemeinsam getroffen. Alles läuft zu viert. Ich mache das nicht aus prinzipiellen Erwägungen heraus so, noch weil ich meine, es wäre die bessere oder schlechtere Methode, sondern weil ich plötzlich, als meine Kinder langsam größer wurden, entdeckt habe, daß meine wirkliche Bestimmung ist, Vater zu sein: Es gefällt mir, es ist die begeisterndste Erfahrung meines Lebens gewesen, meinen beiden Söhnen zu helfen, erwachsen zu werden, und ich glaube, was mir im Leben am besten gelungen ist, sind nicht meine Bücher, sondern meine Kinder. Sie sind für uns wie zwei Freunde, die wir allerdings selbst aufgezogen haben.

P. A. M.: Teilst du deine Probleme mit ihnen?

G. G. M.: Wenn ich große Probleme habe, versuche ich, sie mit Mercedes und meinen Kindern zu teilen. Wenn sie sehr groß sind, wende ich mich möglicherweise außerdem noch an irgendeinen Freund, der mir mit seinem Verständnis helfen kann. Aber wenn die Probleme allzu groß sind, dann ziehe ich niemand zu Rate. Zum Teil, weil ich mich schäme, und zum Teil, um Mercedes, meinen Kindern und möglicherweise noch irgendeinem Freund keine zusätzlichen Sorgen weiterzugeben. Also schlucke ich sie allein hinunter. Die Folge ist natürlich ein Geschwür am Zwölffingerdarm; es wirkt wie ein Alarmknopf, und ich habe lernen müssen, mit ihm zu leben, als wäre es eine heimliche Liebe, die schwierig und manchmal schmerzlich ist, die ich aber unmöglich vergessen kann.

Das
Handwerk

G. G. M.: Ich habe durch Zufall zu schreiben begonnen, vielleicht nur, um einem Freund zu beweisen, daß meine Generation in der Lage ist, Schriftsteller hervorzubringen. Dann bin ich in die Falle gegangen, weiterzuschreiben, weil ich Geschmack daran gefunden hatte, und dann in die andere Falle, daß mir nichts auf der Welt mehr gefallen hat als Schreiben.

P. A. M.: Du hast einmal gesagt, Schreiben sei ein Vergnügen. Du hast aber auch gesagt, es sei eine Qual. Was jetzt?

G. G. M.: Beides ist richtig. Als ich anfing, als ich das Handwerk entdeckte, war es eine freudige, fast unverantwortliche Tat. Ich weiß noch, damals war ich nach der Arbeit in der Zeitung in der Lage, bis zwei oder drei Uhr morgens vier, fünf, sogar bis zu zehn Seiten eines Buches zu schreiben. Einmal habe ich in einer einzigen Sitzung eine ganze Erzählung geschrieben.

P. A. M.: Und jetzt?

G. G. M.: Jetzt kann ich schon von Glück reden, wenn ich an einem Tag einen guten Abschnitt geschrieben kriege. Mit der Zeit ist der Akt des Schreibens zur Qual geworden.

P. A. M.: Warum? Man könnte doch meinen, je besser du das Handwerk beherrschst, desto leichter müßte dir das Schreiben fallen.

G. G. M.: Die Sache ist einfach die, daß langsam auch das Verantwortungsbewußtsein wächst. Man hat den Eindruck, daß jeder Buchstabe, den man schreibt, jetzt eine größere Resonanz hat und viel mehr Leute erreicht.

P. A. M.: Vielleicht ist es eine Folge des Ruhms. Macht dir das so viel zu schaffen?
G. G. M.: Es stört mich. Das Schlimmste, was einem Menschen, der für den literarischen Erfolg nicht geschaffen ist, auf einem Kontinent, der auf erfolgreiche Schriftsteller nicht vorbereitet ist, passieren kann, ist, daß seine Bücher weggehen wie warme Semmeln. Ich hasse es, zur Volksbelustigung zu werden. Ich hasse das Fernsehen, die Kongresse, die Konferenzen, die Podiumsdiskussionen ...
P. A. M.: Die Interviews ...
G. G. M.: Auch. Nein, Erfolg, den wünsche ich niemandem. Es geht einem wie den Bergsteigern, die sich fast umbringen, um auf den Gipfel zu kommen, und wenn sie oben sind, was dann? Absteigen oder versuchen, möglichst unauffällig und mit Anstand wieder herunterzukommen.
P. A. M.: Als du jung warst und dir deinen Lebensunterhalt mit anderen Beschäftigungen verdienen mußtest, hast du nachts geschrieben und dabei viel geraucht.
G. G. M.: Vierzig Zigaretten pro Tag.
P. A. M.: Und jetzt?
G. G. M.: Jetzt rauche ich nicht mehr und arbeite nur noch bei Tag.
P. A. M.: Am Morgen.
G. G. M.: Von neun Uhr morgens bis drei Uhr nachmittags in einem ruhigen, gut geheizten Zimmer. Geräusche und Kälte stören mich.
P. A. M.: Hast du auch Angst vor dem weißen Blatt Papier wie andere Schriftsteller?
G. G. M.: Ja, nach der Platzangst ist es das Furchterregendste, das ich kenne. Aber diese Angst hat für mich aufgehört, seit ich den Rat von Hemingway gelesen habe, daß man die Arbeit nur unterbrechen darf, wenn man weiß, wie man am nächsten Tag weitermacht.
P. A. M.: Was ist bei dir der Ausgangspunkt für ein Buch?
G. G. M.: Ein Bild, das mir vor Augen steht. Bei anderen

Schriftstellern entspringt ein Buch, glaube ich, einer Idee, einem Konzept. Ich gehe immer von einem Bild aus. Die Erzählung *Dienstag mittag*[15], die ich für meine beste halte, ist aus der Vorstellung entstanden, daß eine Frau mit ihrer Tochter, beide in Schwarz und mit einem schwarzen Regenschirm, unter sengender Sonne durch ein verlassenes Dorf gehen. Beim *Laubsturm* ist es ein alter Mann, der seinen Enkel zu einem Begräbnis mitnimmt. Der Ausgangspunkt von *Der Oberst hat niemand, der ihm schreibt* ist das Bild eines Mannes, der am Markt von Barranquilla auf ein Schiff wartet. Er wartet mit einer Art stiller Beklemmung. Jahre später habe ich in Paris mit derselben Beklemmung auf einen Brief, vielleicht eine Überweisung, gewartet und mich in der Erinnerung mit diesem Mann identifiziert.

P. A. M.: Und welches Bild hat dir als Ausgangspunkt für *Hundert Jahre Einsamkeit* vor Augen gestanden?

G. G. M.: Ein alter Mann, der ein Kind mitnimmt, um das Eis kennenzulernen, das als Sehenswürdigkeit im Zirkus ausgestellt ist.

P. A. M.: Das war dein Großvater, Oberst Márquez?

G. G. M.: Ja.

P. A. M.: Das ist also der Wirklichkeit entnommen?

G. G. M.: Nicht direkt, aber sicher davon inspiriert. Ich weiß noch, wie mich mein Großvater in Aracataca, wo wir damals wohnten, als kleines Kind in den Zirkus mitgenommen hat, um mir zu zeigen, wie ein Dromedar aussieht. Als ich ihm an einem anderen Tag sagte, ich hätte noch nie Eis gesehen, nahm er mich zur Niederlassung der Bananengesellschaft mit, ließ eine Kiste mit gefrorenen Seebrassen öffnen und mich die Hand darauflegen. Von diesem Bild geht das ganze Buch *Hundert Jahre Einsamkeit* aus.

P. A. M.: Also hast du im ersten Satz zwei Erinnerungen zusammengebracht. Wie heißt er noch genau?

G. G. M.: »Viele Jahre später mußte Oberst Aureliano Buendía vor dem Erschießungskommando wieder an jenen fernen

Nachmittag denken, an dem sein Vater ihn mitgenommen hatte, um das Eis kennenzulernen.«

P. A. M.: Überhaupt hat für dich der erste Satz eines Buches große Bedeutung. Du hast mir erzählt, daß du manchmal mehr Zeit für diesen ersten Satz brauchst, als für alles übrige. Warum?

G. G. M.: Weil der erste Satz das Laboratorium für die Festlegung vieler Stil- und Strukturelemente und sogar für die Länge des Buches sein kann.

P. A. M.: Brauchst du lange, um einen Roman zu schreiben?

G. G. M.: Zum Schreiben an sich nicht. Das ist ein ziemlich schneller Vorgang. *Hundert Jahre Einsamkeit* habe ich in weniger als zwei Jahren geschrieben. Aber bevor ich mich an die Schreibmaschine gesetzt habe, habe ich fünfzehn oder sechzehn Jahre lang über dieses Buch nachgedacht.

P. A. M.: Und hast du genausoviel Zeit gebraucht, um *Der Herbst des Patriarchen* reifen zu lassen? Wie viele Jahre hast du gewartet, bis du die *Chronik eines angekündigten Todes* geschrieben hast?

G. G. M.: Dreißig Jahre.

P. A. M.: Warum so lange?

G. G. M.: Das Geschehen hat mich seinerzeit, 1951, nicht als Material für einen Roman, sondern für eine Reportage interessiert. Das war aber damals ein in Kolumbien wenig entwikkeltes Genre, und ich war ein Provinzjournalist bei einer Lokalzeitung, die sich vielleicht für die Sache nicht interessiert hätte. Ich habe erst mehrere Jahre später begonnen, den Fall unter literarischen Gesichtspunkten zu betrachten, aber mir war dabei immer bewußt, wie peinlich meiner Mutter schon allein der Gedanke war, daß so viele Freunde und sogar Verwandte in einem Buch von einem ihrer Kinder vorkommen sollten. Der eigentliche, tiefere Grund ist jedoch, daß das Thema mich damals nicht wirklich mitgerissen hat, sondern erst, nachdem ich viele Jahre darüber nachgedacht und das für mich entscheidende Element entdeckt hatte, nämlich, daß die beiden Mörder das Verbrechen nicht hatten begehen wollen und alles ihnen mögliche taten, um jemand zu finden, der sie daran hinderte, es aber nicht schafften. Das ist letzten Endes das einzig wirklich Neue an diesem Drama, das ansonsten in Lateinamerika ziemlich häufig vorkommt. Ein später auftretender Grund für die Verzögerung war struktureller Art: Die Geschichte endet fast fünfundzwanzig Jahre nach dem Verbrechen damit, daß der Ehemann zu der verschmähten Ehefrau zurückkehrt, für mich war aber immer klar, daß am Ende des Buches die haarkleine Beschreibung des Verbrechens stehen mußte. Die Lösung war, einen Erzähler einzuführen – das bin zum erstenmal ich selbst –, der in der strukturellen Zeit der Novelle nach Belieben vor- und zurückwandern kann. Das heißt, ich habe nach dreißig Jahren etwas entdeckt, was wir Romanautoren oft vergessen: daß die beste literarische Form immer die Wahrheit ist.

P. A. M.: Hemingway hat gesagt, daß man nicht zu früh, aber auch nicht zu spät über ein Thema schreiben solle. Hat es dir nichts ausgemacht, so viele Jahre lang eine Geschichte im Kopf zu behalten, ohne sie aufzuschreiben.

G. G. M.: Eigentlich hat mich nie eine Idee wirklich interessiert, die nicht viele Jahre Aufschub überstehen konnte. Wenn sie so gut ist, daß sie die fünfzehn Wartejahre von *Hundert Jahre Einsamkeit*, die siebzehn von *Der Herbst des Patriarchen* und die dreißig von *Chronik eines angekündigten Todes* übersteht, dann bleibt mir schließlich nichts anderes übrig, als sie aufzuschreiben.

P. A. M.: Machst du dir Notizen?

G. G. M.: Nein, nie, nur Arbeitsaufzeichnungen. Ich weiß aus Erfahrung, daß man am Ende nur noch für die Notizen und nicht mehr für das Buch denkt, wenn man Notizen macht.

P. A. M.: Verbesserst du viel?

G. G. M.: In dieser Hinsicht hat sich meine Arbeitsweise sehr geändert. Als ich jung war, habe ich in einem Zug geschrieben, Kopien gemacht und wieder korrigiert. Jetzt gehe ich schon beim Schreiben Zeile für Zeile durch, und wenn ich Glück habe, ist am Ende eines Arbeitstages eine makellose Seite ohne Korrekturen und Streichungen fertig, die ich schon fast zum Verleger bringen könnte.

P. A. M.: Zerreißt du viele Blätter?

G. G. M.: Eine unvorstellbare Anzahl. Ich fange eine Seite auf der Schreibmaschine an ...

P. A. M.: Immer auf der Schreibmaschine?

G. G. M.: Ja, immer. Auf der elektrischen Schreibmaschine. Und wenn ich mich verschreibe, sei es, daß mir das geschriebene Wort nicht gefällt oder daß ich einfach einen Tippfehler mache, dann lege ich aus einer Art Unsitte, Wahn oder Skrupel heraus das Blatt beiseite und spanne ein neues ein. Ich kann bis zu fünfhundert Blatt verbrauchen, um eine zwölfseitige Erzählung zu schreiben. Das heißt, ich kann mich nicht dem Wahn entziehen, daß ein Tippfehler für mich dasselbe wie ein Kunstfehler ist.

P. A. M.: Viele Schriftsteller reagieren auf die elektrische Schreibmaschine allergisch. Du nicht, oder?

G. G. M.: Nein, ich bin so mit ihr verwachsen, daß ich ohne elektrische Maschine nicht schreiben könnte. Überhaupt glaube ich, daß man am besten schreibt, wenn die Bedingungen in jeder Beziehung angenehm sind.

Ich glaube nicht an den romantischen Mythos, daß der Schriftsteller Hunger und Sorgen haben muß, um produktiv zu sein. Mit vollem Bauch und einer elektrischen Schreibmaschine schreibt es sich besser.

P. A. M.: Warum sprichst du in deinen Interviews so selten über die Bücher, an denen du gerade arbeitest?

G. G. M.: Weil sie Teil meines Privatlebens sind. Ich habe sogar ein bißchen Mitleid mit den Schriftstellern, die in Interviews den Inhalt ihres nächsten Buches erzählen. Es ist ein

Beweis dafür, daß sie gerade nicht gut vorankommen, und sie trösten sich damit, in der Presse die Probleme zu lösen, die sie im Roman nicht lösen konnten.

P. A. M.: Aber mit deinen engsten Freunden sprichst du immer viel über das Buch, das du gerade in Arbeit hast.

G. G. M.: Ja, ich bearbeite sie bis zur Erschöpfung. Wenn ich etwas schreibe, spreche ich viel davon. Es ist ein Hilfsmittel, festzustellen, wo ich sicheren Boden unter den Füßen habe und wo ich schwimme. Eine Methode, mich in der Dunkelheit zurechtzufinden.

P. A. M.: Du sprichst darüber, aber so gut wie nie gibst du jemandem das, was du gerade schreibst, zu lesen.

G. G. M.: Nein, nie. Da bin ich schon fast abergläubisch. Ich finde nämlich, bei literarischer Arbeit ist man immer allein; wie ein Schiffbrüchiger mitten im Meer. Ja, es ist der einsamste Beruf auf der Welt. Niemand kann einem bei dem helfen, was man gerade schreibt.

P. A. M.: Was ist für dich der ideale Platz zum Schreiben?

G. G. M.: Ich habe es schon verschiedentlich gesagt: morgens eine einsame Insel und abends die große Stadt. Am Morgen brauche ich Ruhe, am Abend etwas Alkohol und gute Freunde, um mich mit ihnen zu unterhalten. Ich brauche immer den Kontakt mit den Leuten auf der Straße und muß über alles Aktuelle Bescheid wissen. All das entspricht dem, was William Faulkner mit der Bemerkung gemeint hat, das geeignetste Haus für einen Schriftsteller sei ein Bordell, denn in den Morgenstunden ist es dort ganz ruhig, am Abend aber wird gefeiert.

P. A. M.: Überhaupt, um von der handwerklichen Seite des Schreibens zu sprechen: Könntest du mir sagen, wer dir in deiner langen Lehrzeit geholfen hat?

G. G. M.: In erster Linie meine Großmutter. Sie hat mir völlig ungerührt die ungeheuerlichsten Dinge erzählt, als hätte sie sie eben gesehen. Ich habe inzwischen entdeckt, daß genau diese unbeirrbare Art und der Bilderreichtum ihre Geschichten so glaubhaft machten. Beim Schreiben von *Hundert Jahre Einsamkeit* habe ich die Methode meiner Großmutter benutzt.

P. A. M.: Bist du über sie darauf gekommen, Schriftsteller zu werden?

G. G. M.: Nein, durch Kafka, der auf deutsch in derselben Art erzählt hat wie meine Großmutter. Als ich mit siebzehn Jahren *Die Verwandlung* las, kam ich darauf, Schriftsteller zu werden. Ich sah, daß Gregor Samsa eines Morgens in einen riesigen Käfer verwandelt[16] erwachen konnte, und sagte mir: »Ich wußte nicht, daß man das machen kann, aber wenn so etwas möglich ist, dann interessiert mich das Schreiben.«

P. A. M.: Was ist dir daran so besonders aufgefallen? Die Freiheit, alles zu erfinden, was man will?

G. G. M.: Ich begriff plötzlich, daß es in der Literatur noch andere als nur die rationalistischen und sehr akademischen Möglichkeiten gab, die ich bis dahin in den Schulbüchern kennengelernt hatte. Es war, als hätte ich mich von einem Keuschheitsgürtel befreit. Mit der Zeit habe ich jedoch entdeckt, daß man doch nicht alles erfinden oder sich einbilden kann, wozu man gerade Lust hat, sonst läuft man Gefahr zu lügen, und Lügen wiegen in der Literatur schwerer als im wirklichen Leben. Trotz scheinbar größter Willkür gibt es dennoch Gesetze. Man kann das Feigenblatt des Rationalismus zwar ablegen, aber nur, wenn man nicht ins Chaos verfällt, in den vollkommenen Irrationalismus.

P. A. M.: In die Phantasie.

G. G. M.: Ja, in die Phantasie.

P. A. M.: Warum verachtest du sie?

G. G. M.: Weil ich glaube, daß die Einbildungskraft allein ein Werkzeug ist, um die Wirklichkeit herauszuarbeiten. Die Quelle der Kunst ist schließlich und endlich doch immer die Wirklichkeit, und die Phantasie, das heißt, die glatte Erfindung à la Walt Disney, ohne jede Anlehnung an die Wirklichkeit, ist das Abscheulichste, was es gibt. Ich weiß noch, einmal wollte ich ein Buch mit Kindergeschichten schreiben und habe dir als Kostprobe *Das Meer der verlorenen Zeit* geschickt. In der gewohnten Offenheit hast du mir geschrieben, die Geschichte gefiele dir nicht, und gemeint, es läge an deiner Beschränktheit: Mit Phantasie könntest du nichts anfangen. Aber der Einwand war für mich vernichtend, denn auch Kindern gefällt Phantasie nicht. Was ihnen natürlich gefällt, ist Einbildungskraft. Der Unterschied zwischen beiden ist derselbe, wie der zwischen einem Menschen und der Puppe eines Bauchredners.[17]

P. A. M.: Welche anderen Schriftsteller außer Kafka haben dir geholfen, das Handwerk und seine Kunstgriffe zu erlernen?

G. G. M.: Hemingway.

P. A. M.: Den du nicht für einen großen Romanschriftsteller hältst.

G. G. M.: Den ich nicht für einen großen Romanschriftsteller halte, aber für einen hervorragenden Erzähler. Oder sein Rat, daß eine Erzählung wie ein *iceberg* von dem Teil getragen werden muß, den man nicht sieht: von den Nachforschungen, Überlegungen und dem Material, das man zusammengetragen hat und das in der Geschichte nicht direkt benutzt worden ist. Ja, von Hemingway kann man viel lernen, sogar wie eine Katze um die Ecke biegt.

P. A. M.: Greene hat dir auch manches beigebracht. Wir haben einmal darüber gesprochen.

G. G. M.: Ja, Graham Greene hat mir nichts Geringeres beigebracht, als die Art und Weise, die Tropen zu entziffern. Es kostet viel Mühe, die wichtigsten Elemente herauszuarbeiten, um die poetische Synthese eines Lebensraumes zu schaffen, den man nur allzugut kennt, denn man weiß so viel darüber, daß man nicht weiß, wo man anfangen soll, und hat so viel darüber zu sagen, daß man am Ende gar nichts mehr weiß. Das war mein Problem mit den Tropen. Ich hatte voller Interesse Christoph Kolumbus, Pigafetta und die Chronisten der Westindischen Länder gelesen, die sich eine erste Vorstellung gebildet haben, sowie Salgari, Conrad und die lateinamerikanischen Tropicalisten vom Anfang dieses Jahrhunderts, die die Tropen durch die Brille des Modernismus gesehen haben, und viele andere und hatte eine gewaltige Kluft zwischen ihrer Vorstellung und der Realität angetroffen. Einige ließen sich zu Aufzählungen hinreißen, die ihren Blickwinkel paradoxerweise immer mehr einschränkten, je ausführlicher sie wurden. Andere erlagen, wie man weiß, dem rhetorischen Gemetzel. Graham Greene hat dieses literarische Problem auf sehr treffende Weise mit einigen wenigen verstreuten Elementen, die aber subjektiv in einem sehr subtilen und realen Zusammenhang stehen, gelöst. Mit dieser Methode läßt sich das ganze Geheimnis der Tropen auf den Duft einer verdorbenen Guayave reduzieren.

P. A. M.: Fällt dir noch eine nützliche Lektion ein, die dir erteilt worden ist?

G. G. M.: Eine, die ich vor ungefähr fünfundzwanzig Jahren von Juan Bosch in Caracas gehört habe. Er hat gesagt, das Handwerk des Schriftstellers, die Technik, die strukturellen Mittel und sogar das dazugehörige haargenaue Hobeln und Zimmern muß man in der Jugend lernen. Wir Schriftsteller sind wie die Papageien: Wir lernen nicht mehr sprechen, wenn wir alt sind.

P. A. M.: Hat dir der Journalismus bei deiner literarischen Arbeit irgendwo entscheidend geholfen?

G. G. M.: Ja, aber nicht, wie es heißt, um eine effizientere Sprache zu finden. Der Journalismus hat mir Mittel und Wege gezeigt, meinen Geschichten Glaubwürdigkeit zu verleihen. Remedios der Schönen Leintücher (weiße Leintücher) umzuhängen, um sie zum Himmel aufsteigen zu lassen [18], oder Pater Nicanor Reina eine Tasse Kakao (Kakao und kein anderes Getränk) zu geben, bevor er sich zehn Zentimeter vom Boden hob [19], sind journalistische Mittel oder Präzisierungen, die sehr nützlich sind.

P. A. M.: Das Kino hat dich immer begeistert. Kann ein Schriftsteller dort etwas Nützliches lernen?

G. G. M.: Ja, aber ich könnte dir nicht sagen, was. In meinem Fall war das Kino Vorteil und Beschränkung zugleich. Es hat mich jedenfalls gelehrt, in Bildern zu sehen. Aber gleichzeitig finde ich jetzt in allen meinen Büchern vor *Hundert Jahre Einsamkeit* einen übermäßigen Hang zur Visualisierung von Personen und Szenen, eine Obsession sogar, Sichtwinkel und Bildausschnitte auzugeben.

P. A. M.: Da denkst du sicher an *Der Oberst hat niemand, der ihm schreibt*.

G. G. M.: Ja, das ist ein Roman im Stil eines Drehbuches. Die Personen bewegen sich, als würden sie von einer Kamera verfolgt. Und wenn ich das Buch jetzt wieder lese, sehe ich die Kamera. Heute glaube ich, die Lösungen in der Literatur sind anders als im Film.

P. A. M.: Warum hat der Dialog in deinen Büchern nur so geringe Bedeutung?

G. G. M.: Weil der Dialog in spanischer Sprache falsch klingt. Ich habe immer gesagt, daß es in dieser Sprache einen großen Unterschied zwischen der gesprochenen und der geschriebenen Rede gibt. Ein Dialog auf Spanisch, der im wirklichen Leben gut ist, muß nicht notwendigerweise auch im Roman gut sein. Deswegen arbeite ich so wenig damit.

P. A. M.: Weißt du, bevor du einen Roman schreibst, was mit jeder einzelnen Figur passiert?

G. G. M.: Nein, nur in großen Zügen. Im Verlauf des Buches passieren unvorstellbare Dinge. Die Vorstellung, die ich von Oberst Aureliano Buendía hatte, war die eines Veteranen unserer Bürgerkriege, der beim Pissen unter einem Baum stirbt.[20]

P. A. M.: Mercedes hat mir erzählt, daß du sehr gelitten hast, als er starb.

G. G. M.: Ja, ich wußte, daß ich ihn irgendwann umbringen müßte, nur habe ich mich nicht getraut. Der Oberst war schon alt und machte seine goldenen Fischchen, und eines Nachmittags dachte ich mir: »Jetzt hat er wirklich verschissen!« Ich mußte ihn umbringen. Als ich das Kapitel fertig hatte, ging ich zitternd zu Mercedes in den zweiten Stock. Sie sah mein Gesicht und wußte, was passiert war. »Jetzt ist der Oberst gestorben«, sagte sie. Dann bin ich ins Bett gegangen und habe zwei Stunden geheult.

P. A. M.: Was ist für dich Inspiration? Gibt es so etwas?

G. G. M.: Die Romantiker haben das Wort in Verruf gebracht. Ich verstehe darunter keinen Zustand der Gnade und auch keine göttliche Eingebung, sondern eine Aussöhnung mit dem Thema – durch Beharrlichkeit und Kompetenz. Wenn du etwas schreiben willst, entsteht zwischen dir und dem Thema so etwas wie eine wechselseitige Spannung; du reizt das Thema, und das Thema reizt dich. Es gibt dann einen Augenblick, in dem alle Hindernisse in sich zusammenbrechen, alle Konflikte beiseite treten und einem Dinge widerfahren, von denen man nicht einmal geträumt hätte: Dann gibt es nichts Besseres im Leben als Schreiben. Das würde ich mit Inspiration bezeichnen.

P. A. M.: Passiert es dir manchmal im Verlauf eines Buches, daß du diesen Zustand der Gnade verlierst?

G. G. M.: Ja, und dann überlege ich mir alles noch einmal von Anfang an. Das sind die Zeiten, in denen ich mit dem Schraubenzieher alle Schlösser und Stecker im Haus repariere und die Türen grün anstreiche, denn manuelle Arbeit hilft manchmal, die Angst vor der Wirklichkeit zu verlieren.

P. A. M.: Wo kann der Fehler liegen?

G. G. M.: Meistens ist es ein strukturelles Problem.

P. A. M.: Kann so ein Problem auch schwerwiegend sein?

G. G. M.: So schwer, daß ich mit allem von vorn anfangen muß. Die Arbeit am *Herbst des Patriarchen* habe ich 1962 in Mexiko unterbrochen, als schon fast dreihundert Manuskriptseiten fertig waren, und das einzige, was sich davon retten ließ, war der Name der Hauptperson. 1968 habe ich in Barcelona wieder damit angefangen, sechs Monate lang viel daran gearbeitet und wieder aufgehört, weil einige moralische Aspekte der Hauptperson, einem sehr alten Diktator, nicht ganz klar waren. Etwa zwei Jahre später habe ich mir ein Buch über die Jagd in Afrika gekauft, weil mich das Vorwort von Hemingway interessierte. Das Vorwort war nicht der Mühe wert, aber dann habe ich noch das Kapitel über die Elefanten gelesen und da die Lösung für den Roman gefunden. Die Moral meines Diktators ließ sich anhand von bestimmten Gewohnheiten der Elefanten gut erklären.

P. A. M.: Hattest du noch andere Probleme als solche, die mit der Struktur und der Psychologie der Hauptperson zusammenhingen?

G. G. M.: Ja, an einem Punkt habe ich etwas Schwerwiegendes festgestellt: Ich brachte es nicht fertig, daß es in der Stadt des Buches heiß war. Das war schlimm, denn es handelte sich um eine Stadt der Karibik, in der es unglaublich heiß sein mußte.

P. A. M.: Wie hast du das gelöst?

G. G. M.: Mir ist nur eingefallen, mit meiner ganzen Familie in die Karibik zu fahren. Dort bin ich fast ein Jahr umhergeirrt, ohne irgend etwas Bestimmtes zu tun. Als ich nach Barcelona zurückkam, wo ich an dem Buch schrieb, säte ich ein paar Pflanzen aus, setzte einen bestimmten Geruch ein und brachte es fertig, daß der Leser die Hitze der Stadt spürte. Das Buch wurde ohne weitere Hindernisse fertig.

P. A. M.: Was geschieht, wenn das Buch, das du schreibst, fertig wird?

G. G. M.: Es verliert für immer mein Interesse. Es ist ein toter Löwe, wie Hemingway sagt.

P. A. M.: Du hast gesagt, jeder gute Roman sei eine poetische Übertragung der Realität. Könntest du dieses Konzept erklären?

G. G. M.: Ja, ich glaube, ein Roman ist eine verschlüsselte

Wiedergabe der Realität, eine Art Welt-Rätsel. Die Wirklichkeit in einem Roman ist anders als die Wirklichkeit des Lebens, obwohl sie sich darauf stützt, wie sich die Träume darauf stützen.

P. A. M.: Die Behandlung der Wirklichkeit in deinen Büchern, besonders in *Hundert Jahre Einsamkeit* und im *Herbst des Patriarchen*, hat einen Namen bekommen: magischer Realismus. Ich habe den Eindruck, daß deine europäischen Leser meistens die Magie der Dinge, die du erzählst, bemerken, die Wirklichkeit aber, von der sie inspiriert sind, nicht sehen ...

G. G. M.: Bestimmt, ihr Rationalismus hindert sie nämlich daran zu sehen, daß die Wirklichkeit sich nicht im Preis von Tomaten und Eiern erschöpft. Der Alltag in Lateinamerika beweist uns, daß die Wirklichkeit voller außergewöhnlicher Dinge steckt. In diesem Zusammenhang pflege ich immer den nordamerikanischen Entdecker F. W. Up de Graff zu zitieren, der am Ende des vorigen Jahrhunderts eine unglaubliche Reise durch die Welt des Amazonas gemacht und dort unter anderem einen Bach mit kochendem Wasser gesehen hat, sowie einen Ort, an dem der Klang der menschlichen Stimme wolkenbruchartige Regengüsse entfesselte.[21] In Comodoro Rivadavia, im äußersten Süden von Argentinien, hatten Polarwinde einen ganzen Circus mit sich durch die Luft fortgerissen. Am Tag darauf fingen die Fischer in ihren Netzen tote Löwen und Giraffen.[22] Im *Leichenbegängnis der Großen Mama* erzählte ich von einer völlig unvorstellbaren, unmöglichen Reise des Papstes in ein kolumbianisches Dorf. Ich weiß noch, ich habe den Präsidenten, der den Papst empfangen hat, als einen untersetzten Mann mit Glatze beschrieben[23], denn er sollte dem damaligen Präsidenten, der groß und hager war, nicht ähnlich sehen. Elf Jahre nach der Niederschrift dieser Erzählung reiste der Papst nach Kolumbien, und der Präsident, der ihn empfing, war wie in der Erzählung untersetzt und hatte eine Glatze. Nach der Veröffentlichung von *Hun-*

dert Jahre Einsamkeit tauchte in Barranquilla ein junger Mann auf, der bekannte, daß er einen Schweineschwanz hätte. Es reicht schon, die Zeitungen aufzuschlagen, um zu merken, daß mitten unter uns jeden Tag außerordentliche Dinge geschehen. Ich kenne Leute aus dem einfachen Volk, die *Hundert Jahre Einsamkeit* sehr sorgfältig und mit Genuß gelesen haben, ohne sich dabei aber auch nur zu wundern, denn schließlich und endlich erzähle ich ihnen nichts, was nicht dem Leben gleicht, das sie führen.

P. A. M.: Dann hat also alles, was du in deinen Büchern schreibst, einen realen Ausgangspunkt?

G. G. M.: Es gibt in meinen Romanen keine Zeile, die nicht auf der Wirklichkeit beruht.

P. A. M.: Bist du sicher? In *Hundert Jahre Einsamkeit* passieren ziemlich außergewöhnliche Dinge. Remedios die Schöne steigt zum Himmel auf. Gelbe Schmetterlinge umflattern Mauricio Babilonia ...[24]

G. G. M.: All das geht von der Wirklichkeit aus.

P. A. M.: Zum Beispiel ...

G. G. M.: Zum Beispiel Mauricio Babilonia. Als ich fünf Jahre alt war, kam eines Tages ein Elektriker in unser Haus in Aracataca, um den Zähler auszuwechseln. Ich weiß es noch, als wäre es gestern gewesen, denn der breite Gurt, mit dem er sich an den Masten festmachte, um nicht herunterzufallen, faszinierte mich. Er kam noch mehrere Male. Dabei sah ich einmal, wie meine Großmutter versuchte, einen Schmetterling mit einem Lappen zu verscheuchen, und hörte sie sagen: »Immer, wenn der Mann ins Haus kommt, ist der gelbe Schmetterling da.« Das war der Keim für Mauricio Babilonia.

P. A. M.: Und Remedios die Schöne? Wieso bist du darauf gekommen, sie in den Himmel zu schicken?[25]

G. G. M.: Anfangs hatte ich vor, sie im Flur des Hauses beim Stricken mit Rebeca und Amaranta verschwinden zu lassen, aber diese fast filmische Lösung kam mir dann unangebracht vor. Jedenfalls blieb Remedios einfach da, bis mir einfiel, sie mit Leib und Seele zum Himmel auffahren zu lassen. Das wirkliche Ereignis? Eine Frau, deren Enkelin im Morgengrauen entflohen war, hatte, um diese Flucht zu verheimlichen, beschlossen, das Gerücht in Umlauf zu setzen, sie wäre zum Himmel aufgefahren.

P. A. M.: Du hast irgendwo einmal erzählt, daß es dir nicht leichtgefallen sei, sie fliegen zu lassen.

G. G. M.: Nein, sie kam nicht hoch. Ich war verzweifelt, denn es gab keine Möglichkeit, sie aufsteigen zu lassen. Eines Tages kam ich, in Gedanken mit diesem Problem beschäftigt, in den Hof meines Hauses. Es ging ein starker Wind. Eine große und schöne schwarze Frau, die bei uns Wäsche wusch, versuchte, die Laken auf eine Leine zu hängen. Es gelang ihr aber nicht, der Wind trug die Wäsche fort. Da hatte ich eine Erleuchtung. »Das ist es«, dachte ich. Remedios die Schöne brauchte Laken, um in den Himmel aufzufahren. In diesem Fall waren die Laken das von der Wirklichkeit beigesteuerte Element. Als ich an die Schreibmaschine zurückkehrte, stieg Remedios die Schöne auf, stieg und stieg ohne Schwierigkeiten. Und nicht einmal Gott hätte sie aufhalten können.

Die Ausbildung

P. A. M.: Auf den Sandbänken mitten im Fluß sah man plötzlich irgendwo ein Krokodil stumpfsinnig und teilnahmslos in der heißen Sonne liegen. Wenn der Morgen anbrach oder der Tag mit feurigem Schimmer zu Ende ging, hörte man langschwänzige Pfifferaffen an den weit entfernten Ufern kreischen. Wie die Dampfschiffe, die zu Mark Twains Zeiten den Mississippi durchfurchten, brauchte der alte Raddampfer acht Tage für die langsame Fahrt den Magdalena hinauf ins Landesinnere. Als Gabriel dreizehn Jahre alt war, begann für ihn mit diesem Schiff so etwas wie ein Exil, das sein Leben entscheidend bestimmen sollte.
Nach dem Schiff kam ein Zug, der mühsam in die dunstigen Anden hinauffuhr, und am Ende dieser langen Reise stand er an einem Januarnachmittag, an den er sich heute als den traurigsten seines Lebens erinnert, auf dem Bahnhof in Bogotá. Er trug einen schwarzen, für ihn umgearbeiteten Anzug von seinem Vater, Jacke und Hut und hatte »einen Koffer, der etwas vom Glanz des Heiligen Grabes besaß«.
Bogotá war für ihn »eine düstere und ferne Stadt, wo seit Anfang des XVI. Jahrhunderts ein unbarmherziger Nieselregen niederging. Als erstes fielen mir in dieser schwermütigen Hauptstadt die vielen eiligen Männer in den Straßen auf, die alle wie ich gekleidet waren, mit schwarzem Anzug und Hut, dagegen sah ich keine einzige Frau. Mir fielen die riesigen Bierwagengäule im Regen auf, die Funken, wenn die Straßenbahn um die Ecke bog, und die Verkehrsstockungen, wenn die unendlichen Beerdigungszüge vorüberkamen. Es waren

die düstersten Beerdigungen der Welt: Leichenwagen wie Hochaltäre, schwarze Pferde, aufgeputzt mit Samt und Federhauben, und Leichen aus angesehenen Familien, die sich vorkamen, als hätten sie den Tod erfunden.«
Ein Europäer, der nur die sanften Übergänge von einer Jahreszeit zur nächsten gewohnt ist – Übergänge, die sich nach der Zeit und nicht nach dem Ort richten –, kann sich schwerlich den gewaltigen Unterschied zwischen der Welt der Karibik und der Welt des Andenhochlandes vorstellen, der in ein und demselben Land auftreten kann. Es ist in erster Linie ein geographischer Kontrast. Als Welt des Lichts und der Hitze könnte man die Karibik in Blau- und intensiven Grüntönen malen. Als Welt des Dunstes und Nebels, des leichten Regens und kalten Windes zeigen die Anden eine feine Skala von Grau- und melancholischen Grüntönen.
Es ist auch ein menschlicher Kontrast. Von Andalusiern, Schwarzen und stolzen karibischen Indios abstammend, sind die Menschen an der Küste offen und fröhlich, jede Dramatik liegt ihnen fern, und es fehlt die Ehrfurcht vor Hierarchie und Protokoll. Sie tanzen gern; afrikanische Rhythmen leben fort in ihrer immer fröhlichen Musik. Die Kolumbianer des Andenhochlandes dagegen sind geprägt von der kastilischen Förmlichkeit und dem schweigsamen, mißtrauischen Charakter der Chibcha-Indios. Sie sind voller subtiler Reserviertheit und pflegen das Zeremoniell. Subtil ist auch ihr Humor. Die Höflichkeit ihrer Umgangsformen verdeckt bisweilen eine hintergründige Aggressivität, die der Alkohol häufig zur Unzeit freisetzt. (Die politische Gewalttätigkeit des Landes ist nie von der Küste ausgegangen, sondern vom Hochland.) Wie die sie umgebende Landschaft ist die Musik der Andenbewohner traurig: Sie spricht von Verlassenheit, Trennung und vergangener Liebe.
Nichts konnte für den dreizehnjährigen Jungen von der Küste fremder und härter sein, als plötzlich in einer Welt leben zu müssen, die von der seinen so verschieden war. Der trau-

rige Anblick der Hauptstadt überraschte ihn. Im Dämmerlicht ertönten die Glocken und riefen zum Rosenkranz; durch das Taxifenster sah er die grauen Straßen im Regen. Die Vorstellung, jahrelang in dieser Begräbnisluft leben zu müssen, bedrückte sein Herz. Zur Überraschung dessen, der ihn am Bahnhof abholen kam, brach er in Tränen aus.

Das Gymnasium, für das er ein Stipendium hatte, war in einem »Kloster ohne Heizung und Blumen« untergebracht, im selben »weit entfernten, düsteren Dorf, tausend Kilometer vom Meer, in das Aureliano Segundo kam, um Fernanda del Carpio zu suchen.«[26] Für ihn, der an der karibischen Küste geboren war, »war das Internat eine Strafe und das eisige Dorf eine Ungerechtigkeit«.

Sein einziger Trost bestand im Lesen. Als Mensch von der Küste, arm und ohne Familie in einer Welt von »Cachacos«[27] – eingebildeten Gecken –, sollte Gabriel in den Büchern den einzigen Ausweg aus dieser düsteren Realität finden. Im riesigen Schlafsaal des Internats wurden die Bücher laut vorgelesen: *Der Zauberberg, Die drei Musketiere, Der Glöckner von Notre Dame, Der Graf von Monte Christo.*

Sonntags blieb Gabriel, der keine Lust hatte, sich der Kälte und Traurigkeit dieses Andendorfes auszusetzen, in der Schulbibliothek und las die Romane von Jules Verne und Salgari, die spanischen und kolumbianischen Dichter, deren Gedichte in den Schulbüchern vorkamen. Schlechte Dichter, Phrasendichter. Glücklicherweise machte er in dieser Zeit eine literarische Entdeckung: die jungen kolumbianischen Dichter, die von Rubén Darío, Juan Ramón Jiménez und offensichtlich noch direkter von Pablo Neruda beeinflußt waren und eine Gruppe mit dem Namen »Stein und Himmel« gebildet hatten.[28] Diese literarisch subversive Gruppe machte Schluß mit Romantikern, Parnassiens und Neoklassikern. Sie nahmen sich in ihren Metaphern überwältigende, blitzgescheite Dreistigkeiten heraus. »Sie waren die Terroristen von damals«, sagt García Márquez heute. »Ich bin nicht sicher, ob ich Schriftsteller geworden wäre, wenn es ›Stein und Himmel‹ nicht gegeben hätte.«

Als er dann nach dem Gymnasium an die Universidad Nacional von Bogotá kam, um Jura zu studieren, war Poesie immer noch das, was ihn im Leben am meisten interessierte. Anstelle von Gesetzen las er Gedichte. Gedichte, Gedichte und nochmals Gedichte, würde er heute sagen. »Mein höchstes Vergnügen (damals) war es, mich sonntags in eine der Straßenbahnen mit den blau getönten Fenstern zu setzen, die für fünf Centavos zwischen der Plaza de Bolívar und der Avenida de Chile unentwegt hin und her fuhren, und dort diese trostlosen Nachmittage zu verbringen, denen anscheinend eine unendliche Reihe von weiteren, inhaltslosen Sonntagen folgen sollte. Das einzige, was ich auf dieser Fahrt im Circulus vitiosus tat, war, Bücher mit Gedichten zu lesen, Gedichte, Gedichte und nochmals Gedichte, vielleicht eine Strophe pro Häuserblock, bis im ewigen Regen die ersten Lichter aufleuchteten. Dann ging ich durch die verschwiegenen Cafés in der Altstadt, immer auf der Suche nach irgend jemand, der sich meiner erbarmen und mit mir über die Gedichte, Gedichte und nochmals Gedichte reden würde, die ich gerade gelesen hatte.«

Sein Interesse für den Roman begann an dem Abend, an dem er *Die Verwandlung* von Kafka las. Noch heute erinnert er sich, wie er mit dem Buch, das ihm ein Studienkollege gerade geliehen hatte, in die ärmliche Studentenpension im Stadtzentrum kam, in der er wohnte. Er zog Jacke und Schuhe aus, legte sich aufs Bett, schlug das Buch auf und las: »Als Gregor Samsa eines Morgens aus unruhigen Träumen erwachte, fand er sich in seinem Bett zu einem ungeheueren Ungeziefer verwandelt.«[29] Gabriel schloß zitternd das Buch. »Verdammt noch mal«, dachte er, »dann kann man das also machen.« Am nächsten Tag schrieb er seine erste Erzählung und dachte nicht mehr an sein Studium.

Natürlich würde sein Vater solch einen heroischen Entschluß

nicht verstehen. Der ehemalige Telegrafist erwartete, daß sein Sohn erreichte, was ihm nicht gelungen war: ein Universitätsdiplom. Als er erfuhr, daß Gabriel sein Studium vernachlässigte, begann er schweren Herzens ihn als gescheitert zu betrachten. Gabriels Freunde sahen das ähnlich, wenn auch mit mehr Wohlwollen und Humor. Schlecht gekleidet und schlecht rasiert wanderte er mit einem Buch unter dem Arm durch die Cafés, schlief, wo gerade Platz war, und wirkte wie jemand, der sich treiben läßt. Anstelle von Gedichten, Gedichten und nochmals Gedichten las er jetzt Romane, Romane und nochmals Romane: Dostojewski vor allem, dann Tolstoi und Dickens, die Franzosen des vorigen Jahrhunderts: Flaubert, Stendhal, Balzac und Zola.

Mit zwanzig Jahren kehrte er an die Küste zurück. In Cartagena, einer alten, von trutzigen Mauern umschlossenen Stadt mit Balkonen und engen Straßen im Kolonialstil, fand er von neuem das Licht und die Wärme der Karibik sowie Arbeit als Nachrichtenredakteur in der staubigen Redaktion von *El Universal*[30], einer Tageszeitung. Ihm blieb dabei Zeit, Erzählungen zu schreiben und mit seinen Freunden in lärmenden Hafenkneipen Rum zu trinken, bis die Schmugglerkähne im Morgengrauen mit Nutten beladen in See stachen und Kurs auf die Inseln Aruba und Curaçao nahmen.

Merkwürdigerweise traf ihn in dieser sorglosen, glänzenden Stadt mit ihrer Leidenschaft für Tanzen, Schönheitsköniginnen und Baseball ein plötzlicher *coup de foudre* für die Griechen, besonders für Sophokles. Diese Liebe auf den ersten Blick verdankte er einem Kneipenfreund – heute erfolgreicher Anwalt für Zollfragen –, der sie so gut kannte wie die Finger an seiner Hand. Durch ihn lernte er auch Kierkegaard und Claudel kennen.

Auf die Griechen folgte eine für seine literarische Bildung wesentliche Entdeckung: die Angelsachsen dieses Jahrhunderts, besonders Joyce, Virginia Woolf und William Faulkner. Auf sie stieß er durch eine Gruppe verrückter, literaturbesessener, merkwürdiger Kneipenbummler, die sich in Barranquilla zusammengefunden hatten, einer anderen Stadt an der kolumbianischen Karibikküste, wohin er von Cartagena aus gezogen war.

Barranquilla ist eine riesige Industriestadt, die sich in Staub und Hitze an der Mündung des Magdalena planlos ausgebreitet hat. Ihr fehlt der Reiz von Cartagena; der blaue Spiegel der Bucht, die Mauern, die Leuchttürme, die alten Balkone und die Gespenster von Gräfinnen, Piraten und Inquisitoren im Dämmerlicht der Kolonialhäuser. Die Stadt wurde angeschwemmt; offenherzig und gastfreundlich hat sie von überallher Leute aufgenommen. Auf demselben Weg wie Papillon aus Cayenne geflohene Franzosen, im ersten Weltkrieg besiegte deutsche Piloten, der Naziverfolgung entkommene Juden, süditalienische Emigranten, Syrier, Libanesen und Jordanier, die vor einer, zwei oder drei Generationen, wer weiß wie, gekommen sind, das waren die Gründer der heute vornehmen Familien der Stadt. Außer während der grellbunten Karnevalszeit, die einmal im Jahr mit Blumen geschmückte Festwagen voll Mädchen und lärmende Masken in glänzenden Atlaskleidern auf die Straßen bringt, richten die Leute ihre Energien vornehmlich auf die Industrie und den Handel. In dieser Welt kommerzieller Betriebsamkeit und leichter Vergnügen sind literarische oder künstlerische Talente zu einer Randexistenz in der Nähe der Verrückten verdammt. Mehr als irgendwo sonst sind Schriftsteller und Maler dort Antikörper des sozialen Organismus. Seltsame Paradoxie: Vielleicht gerade durch diese hoffnungslose Außenseiterposition kommen aus Barranquilla mehr Künstler als aus Bogotá, einer Stadt, die seit der Kolonialzeit kulturell arrogant und dünkelhaft ist.

Diese Gruppe literaturbesessener, eifriger Zecher, auf die Gabriel um das Jahr 1950 herum in Barranquilla traf, wird heute an den Universitäten in Europa und den Vereinigten Staaten von Spezialisten lateinamerikanischer Literatur ernsthaft er-

forscht. Für sie ist García Márquez aus dieser pittoresken, literarischen Familie, der sogenannten »Gruppe von Barranquilla«, hervorgegangen. Ob eine derartig feste Zuordnung nun richtig ist oder nicht: Auf jeden Fall war sie als eine der lebendigsten und informiertesten Gruppen des Kontinents für die Entwicklung von García Márquez entscheidend. Sie bestand aus lauter jungen Leuten, übermütigen Säufern, respektlosen Gesellen, typisch karibischen Gestalten, pittoresk wie die Figuren von Pagnol, und nahm sich selbst nicht ganz ernst. Untereinander fest befreundet, lasen sie damals sehr viel (Joyce, Virginia Woolf, Steinbeck, Caldwell, Dos Passos, Hemingway, Sherwood Anderson, Theodore Dreiser und den »Alten«, wie sie Faulkner, ihre gemeinsame Leidenschaft, nannten). Häufig saßen sie bis zum Morgen zusammen, sprachen über Literatur und soffen in mythologischen Bordellen voller Vögel, Pflanzen und schüchternen Mädchen, die sich aus Hunger mit Männern ins Bett legten, wie es in *Hundert Jahre Einsamkeit* beschrieben ist.[31]
»Das war für mich eine schwindelerregende Zeit«, erinnert sich García Márquez heute, »eine Zeit der Entdeckung von Literatur und Leben. Wir betranken uns bis zum Morgengrauen und redeten dabei über Literatur. Jeden Abend wurden mindestens zehn Bücher erwähnt, die ich nicht gelesen hatte, und am folgenden Tag lieh sie mir ein Freund aus der Gruppe. Sie hatten sie alle ... Außerdem waren wir mit einem Buchhändler befreundet, dem wir bei seinen Bestellungen halfen. Es war für uns jedesmal ein Fest, wenn eine Kiste aus Buenos Aires mit Büchern der Verlage Sudamericana, Losada und Sur ankam, diesen herrlichen Sachen, die Borges' Freunde übersetzten.«[31a]
Der literarische Mentor der Gruppe war Don Ramón Vinyes, ein älterer Exilkatalane, den die Niederlage der Republik aus seiner Heimat und der Einmarsch der Nazis aus Paris vertrieben hatte. Don Ramón, der vor der Literatur denselben Respekt hatte wie ein Offizier vor den Waffen, brachte Ordnung

in diese hemmungslose Leselust. Er ließ Gabriel und seine Freunde sich ruhig in die faszinierenden Romane von Faulkner vertiefen oder in Joyces Labyrinthen verirren, von Zeit zu Zeit aber rief er sie zur Ordnung und erinnerte an Homer.
Viele Jahre später sollte Gabriel seine Schuld an den alten Vinyes zahlen, der nach Barcelona gefahren war, um dort vor Sehnsucht nach Macondo verzehrt zu sterben: Er ist der katalanische Weise aus *Hundert Jahre Einsamkeit.*[32] Denn auf den letzten Seiten des Buches ist Macondo schon nicht mehr Aracataca, sondern das Barranquilla jener Zeit.
Noch heute schwingt bei Gabriel eine gewisse Sehnsucht mit, wenn er sich an das aufregende und elende Leben von damals erinnert, die Calle del Crimen, »Verbrechensstraße«, mit ihren Puffs und Bars: dem »Happy«, das sie mit unbezahlten Deckeln ruiniert hatten, und der berühmten »Höhle«, die an einer einzigen Theke Jäger, Alsenfischer und Literaturfanatiker vereinigte. Nicht enden wollende Straßen und Nächte.
Manchmal fällt ihm das Stundenhotel ein, in dem er damals wohnte. Wenn er abends kein Geld hatte, um sein Zimmer zu bezahlen, hinterlegte er beim Pförtner die Originale des Romans, an dem er gerade schrieb. »Das Hotel war sehr groß«, erzählt er heute, »und die Trennwände zwischen den Zimmern waren aus Pappe, so daß man die Geheimnisse der Nachbarzimmer hören konnte. Ich erkannte die Stimmen vieler hoher Regierungsbeamter wieder und war gerührt, als ich feststellte, daß die meisten nicht zum Vögeln kamen, sondern um mit ihren Zufallsbekanntschaften über sich selber zu sprechen. Mein Lebensrhythmus als Journalist entsprach dem der Mädchen: Wir standen alle mittags auf und frühstückten gemeinsam.«
Er fand in dieser Zeit Arbeit als Verkäufer von Enzyklopädien und medizinischen Büchern in den Dörfern der Guajira, der Halbinsel mit den glühenden Sandflächen, von der seine Vorfahren mütterlicherseits stammten.[33] Er verkaufte nichts, aber bei Nacht, in der Hitze und Einsamkeit der Hotels für

Kraftfahrer und Handelsreisende, war seine treueste Begleiterin eine englische Dame, die er heimlich verehrte: Virginia Woolf.

Heute versichert er, *Mrs. Dalloway* habe ihm die Richtung für seinen ersten Roman gewiesen. In seinem Bewußtsein war es wohl so. In Wirklichkeit aber stand ihm nicht nur die aristokratische und anscheinend jungfräuliche Frau Woolf zur Seite, als er sich an die Schreibmaschine setzte, um *Laubsturm* zu schreiben. Auch die anderen Autoren, die zu seiner literarischen Ausbildung beigetragen hatten, waren da, die Bücher von Salgari und Jules Vernes, mit denen er sich über die Einsamkeit im Internat hinweggetröstet hatte; die Dichter, seine geliebten Dichter, die er in den Straßenbahnen mit den blauen Fenstern gelesen hatte, während sie langsam durch die drückenden Sonntagnachmittage von Bogotá rollten; Kafka und die russischen und französischen Romanciers in seiner Studentenpension; die Griechen, die er in Cartagena bei dreißig Grad im Schatten studiert hatte; die Nordamerikaner und Engländer, auf die ihn seine Freunde in Barranquilla zwischen zwei Flaschen Bier in Bars und Bordellen aufmerksam gemacht hatten.

So hatte er dann, als er mit seiner Mutter von der Reise nach Aracataca zurückkam, nicht nur etwas zu sagen; durch das Zusammenleben mit so vielen Autoren während seiner Jugend, durch die Einsamkeit und das Suchen in seiner Kindheit wußte er auch, wie er er sagen sollte.

Lektüre und Einflüsse

G. G. M.: Ich möchte vorausschicken, daß mir diese Bücher nicht immer deshalb so gut gefallen, weil ich finde, daß sie besonders gut geschrieben sind, sondern aus ganz verschiedenen Gründen, die oft schwer zu erklären sind.
P. A. M.: Du erwähnst immer *König Ödipus* von Sophokles.
G. G. M.: *König Ödipus, Amadís von Gallien, Das Leben des Lazarillo von Tormes, Die Pest zu London* von Daniel Defoe, *Die erste Reise um die Erde* von Pigafetta ...
P. A. M.: Und *Tarzan, der Affenmensch* auch.
G. G. M.: Ja, von Burroughs.
P. A. M.: Und welche Autoren liest du immer wieder?
G. G. M.: Conrad, Saint-Exupéry ...
P. A. M.: Warum gerade Conrad und Saint-Exupéry?
G. G. M.: Man liest einen Autor immer nur aus einem einzigen Grunde noch einmal: weil er einem gefällt. Also gut: Was mir bei Conrad und Saint-Exupéry am besten gefällt, ist das einzige, was sie gemeinsam haben, eine Art, die Wirklichkeit aus einem schiefen Winkel zu sehen, der sie noch poetisch erscheinen läßt, wo sie sonst schon ordinär sein könnte.
P. A. M.: Und Tolstoi?
G. G. M.: Ich habe nichts von ihm behalten, glaube aber, daß *Krieg und Frieden* immer noch der beste Roman ist, der je geschrieben wurde.
P. A. M.: Aber kein Kritiker hat eine Spur dieser Autoren in deinen Büchern entdeckt.
G. G. M.: Das stimmt. Ich habe mich immer bemüht, nieman-

dem ähnlich zu sein. Anstatt sie nachzuahmen, versuche ich immer, den Autoren, die mir am besten gefallen, auszuweichen.

P. A. M.: Trotzdem haben die Kritiker in deinem Werk immer den Schatten von Faulkner gesehen.

G. G. M.: Sicher. Und sie haben so sehr auf dem Einfluß von Faulkner bestanden, daß sie es fertiggebracht haben, mich eine Zeitlang davon zu überzeugen. Das macht mir nichts aus, denn Faulkner ist einer der größten Prosaschriftsteller aller Zeiten. Aber ich glaube, die Kritiker stellen Einflüsse fest, die ich nicht nachvollziehen kann. Im Fall von Faulkner sind die Analogien eher geographisch als literarisch. Ich habe sie, lange nachdem ich meine ersten Romane geschrieben hatte, auf einer Reise durch den Süden der Vereinigten Staaten entdeckt. Die glühend heißen, staubigen Dörfer und die Leute ohne Hoffnung, die ich auf dieser Reise traf, waren denen, die ich in meinen Erzählungen beschrieben hatte, sehr ähnlich. Vielleicht war diese Ähnlichkeit nicht ganz zufällig, denn Aracataca, das Dorf, in dem ich als Kind gelebt habe, ist zu einem großen Teil von einer nordamerikanischen Gesellschaft, der United Fruit, erbaut worden.

P. A. M.: Man könnte aber sagen, daß die Analogien weitergehen. Es gibt da eine Verwandtschaft, eine bestimmte Verbindungslinie zwischen dem Oberst Sartoris und deinem Oberst Aureliano Buendía, zwischen Macondo und Yoknapatawpha. Es gibt da Frauen mit eisernem Charakter und vielleicht ein paar Adjektive, die sein Firmenschild tragen ... Ist das nicht Vatermord, wenn du Faulkner als entscheidenden Einfluß übergehst?

G. G. M.: Vielleicht. Deshalb habe ich ja gesagt, daß mein Problem nicht war, Faulkner nachzuahmen, sondern ihn zu zerstören. Sein Einfluß hat mich verdorben.

P. A. M.: Mit Virginia Woolf ist es genau umgekehrt: außer dir spricht niemand von diesem Einfluß. Worin liegt er?

G. G. M.: Ich wäre ein anderer Autor, hätte ich nicht mit zwanzig Jahren diesen Satz in *Mrs. Dalloway* gelesen:
»Doch es konnte gar keinen Zweifel darüber geben, daß etwas Großes im Innern [des Wagens] saß; Erhabenheit fuhr verborgen vorüber, nur eine Handbreit entfernt von gewöhnlichen Leuten, die sich jetzt zum ersten und letzten Mal so nah der Majestät Englands befanden, des dauerhaften Sinnbilds des Staates, das wißbegierigen Altertumsforschern bekannt sein würde beim Sichten der Ruinen der Zeit, wenn London nicht mehr als ein grasüberwachsener Weg und die Leute, die an diesem Mittwochmorgen dort durch die Straßen gingen, nur noch Gebeine wären mit ein paar unter ihren Staub gemengten Eheringen und den Plomben unzähliger verfaulter Zähne.«[34]
Ich weiß noch: Diesen Satz habe ich gelesen, als ich Enzyklopädien und medizinische Bücher auf der kolumbianischen Guajira verkaufte; ich lag vor Hitze fiebernd in einem verschlagartigen Hotelzimmer und mußte dabei die Mücken verjagen.
P. A. M.: Warum hat dich dieser Satz so beeindruckt?
G. G. M.: Weil er mein Zeitgefühl vollkommen verändert hat. Vielleicht hat er mir erlaubt, einen Moment lang den ganzen Zerfallsprozeß von Macondo und sein schicksalhaftes Ende zu ahnen. Außerdem frage ich mich, ob er nicht vielleicht der weit zurückliegende Ursprung von *Der Herbst des Patriarchen* ist, eines Buches über das menschliche Geheimnis der Macht, über ihre Einsamkeit und ihr Elend.
P. A. M.: Die Reihe der Einflüsse muß länger sein. Wen haben wir vergessen?
G. G. M.: Sophokles, Rimbaud, Kafka, die spanische Poesie des Siglo de Oro und die Kammermusik von Schumann bis Bartók.
P. A. M.: Müssen wir nicht noch etwas Greene und ein paar Tropfen Hemingway dazugeben? Ich habe gesehen, wie du sie als junger Mann aufmerksam gelesen hast. Eine Erzählung

von dir, *Dienstag mittag* (die beste, die du geschrieben hast, sagst du), verdankt Hemingways *Für eine einen Kanarienvogel* viel.

G. G. M.: Was ich von Graham Greene und Hemingway gelernt habe, war rein technischer Art. Das hat oberflächlich eine Bedeutung, die ich immer anerkannt habe. Aber für mich übt nur der Autor einen tatsächlichen und wichtigen Einfluß aus, der einen ganz tief berührt und sogar bestimmte Vorstellungen, die man von der Welt und vom Leben hat, verändert.

P. A. M.: Um auf die tiefgreifenden oder besser, auf die heimlichen Einflüsse zurückzukommen: Ist es die Poesie? Vielleicht wolltest du als junger Mann Dichter werden, aber das wirst du nie zugeben ... Obwohl du doch zugestanden hast, daß deine Ausbildung hauptsächlich poetisch war.

G. G. M.: Ja, mein Interesse für Literatur hat mit der Poesie begonnen. Der schlechten Poesie. Volkstümlichen Poesie, wie sie in Almanachen und auf Blättchen verbreitet wird. Bei den spanischen Abiturstexten habe ich festgestellt, daß mir die Poesie in dem Maß gefiel, wie mich die Grammatik abstieß. Mich begeisterten die spanischen Romantiker Núñez de Arce und Espronceda.

P. A. M.: Wo hast du sie gelesen?

G. G. M.: In Zipaquirá, du weißt ja, das ist dasselbe düstere Dorf, tausend Kilometer vom Meer entfernt, in das Aureliano Segundo kam, um Fernanda del Carpio zu suchen.[35] Dort auf dem Gymnasium, wo ich im Internat war, hat meine literarische Bildung begonnen. Ich habe einerseits schlechte Poesie und andererseits marxistische Bücher gelesen, die mir mein Geschichtslehrer heimlich lieh. An Sonntagen gab es nichts zu tun, und um mich nicht zu langweilen, setzte ich mich in die Schulbibliothek. Ich habe also mit der schlechten Poesie angefangen, bevor ich dann die gute entdeckte. Rimbaud, Valéry ...

P. A. M.: Neruda ...

G. G. M.: Neruda natürlich, den ich für den größten Dichter aller Sprachen des zwanzigsten Jahrhunderts halte. Selbst da, wo er sich in schwierige Engpässe begibt – seine politische Poesie, die Kriegspoesie –, sind seine Gedichte immer von hoher Qualität. Neruda, das habe ich schon öfters gesagt, war so etwas wie ein König Midas: Alles, was er berührte, wurde zu Poesie.

P. A. M.: Wann hast du angefangen, dich für Romane zu interessieren?

G. G. M.: Später, an der Universität, im ersten Jahr Jura (ich muß damals ungefähr neunzehn Jahre alt gewesen sein), als ich *Die Verwandlung* gelesen habe. Wir haben schon von dieser Offenbarung gesprochen. Ich weiß den ersten Satz noch auswendig: »Als Gregor Samsa eines Morgens aus unruhigen Träumen erwachte, fand er sich in seinem Bett zu einem riesigen Insekt verwandelt.«[36] »Verdammt«, dachte ich, »so hat meine Großmutter geredet.« Von da an interessierte mich der Roman. Ich beschloß, alle wichtigen Romane zu lesen, die seit Beginn der Menschheit geschrieben worden waren.

P. A. M.: Alle?

G. G. M.: Ja, alle, angefangen mit der Bibel, einem fabelhaften Buch, in dem phantastische Sachen passieren. Ich habe alles stehen- und liegengelassen, sogar meine juristische Ausbildung, und beschlossen, nur noch Romane zu lesen, Romane zu lesen und zu schreiben.

P. A. M.: In welchem deiner Bücher – glaubst du – läßt sich am besten deine poetische Bildung erkennen?

G. G. M.: Vielleicht im *Herbst des Patriarchen*.

P. A. M.: Den du als Prosagedicht bezeichnet hast.

G. G. M.: An dem ich so gearbeitet habe, als wäre er ein Prosagedicht. Hast du gemerkt, daß darin ganze Verse von Rubén Darío vorkommen? *Der Herbst des Patriarchen* ist voller Augenzwinkern für die Kenner von Rubén Darío. Er kommt sogar selbst in dem Buch vor. Und es gibt einen Vers von ihm, der scheinbar versehentlich zitiert wird, ein Prosagedicht, das lautet: »In deinem weißen Taschentuch standen die roten Initialen eines Namens, der nicht der deine war, mein geliebter Gebieter.« [37]

P. A. M.: Was liest du außer Romanen und Gedichten?

G. G. M.: Zahlreiche Bücher, die sich nicht durch ihre literarische Bedeutung, sondern durch ihren dokumentarischen Inhalt auszeichnen. Erinnerungen berühmter Persönlichkeiten, auch wenn sie erlogen sind. Biographien und Reportagen.

P. A. M.: Wir wollen noch eine Liste machen. Ich weiß, daß dir die Biographie von El Cordobés sehr gefallen hat, die Dominique Lapierre und Larry Collins geschrieben haben: *Oder du wirst Trauer tragen.*[38] Und *Der Schakal.*[39] Sogar *Papillon.*[40]

G. G. M.: Das ist ein spannendes Buch ohne jeden literarischen Wert. Es müßte von einem guten Schriftsteller neu geschrieben werden, den es reizte, den Eindruck zu erwecken, das Buch wäre von einem Beteiligten verfaßt.

P. A. M.: Sprechen wir über die außerliterarischen Einflüsse. Einflüsse, die für dein Werk entscheidend waren. Deine Großmutter zum Beispiel.

G. G. M.: Wie ich schon sagte, war sie eine einfallsreiche und abergläubische Frau, die mir Abend für Abend mit ihren Geschichten von jenseits des Grabes Angst machte.

P. A. M.: Und dein Großvater?

G. G. M.: Als ich acht Jahre alt war, erzählte er mir Geschichten aus allen Kriegen, an denen er teilgenommen hatte. Die wichtigsten männlichen Personen in meinen Büchern haben viel von ihm.

P. A. M.: Ich glaube, deine Großeltern sind nur Vertreter eines breiteren und tiefergehenden Einflusses. Ich meine das Gebiet der kolumbianischen Karibikküste, in dem du geboren wurdest. Offenbar gibt es dort eine stolze Tradition mündlicher Erzählung, die sich sogar in den Liedern, den *vallenatos*, äußert. Sie erzählen immer eine Geschichte. Eigentlich kann dort jeder Geschichten erzählen. Deine Mutter zum Beispiel, Doña Luisa. Ich weiß noch, wie sie von einer Freundin erzählt hat, die jede Nacht im Hof des Hauses spazierenging und sich kämmte. Natürlich war die Freundin schon zehn Jahre zuvor gestorben ... aber sie ging immer noch im Hof spazieren. Woher kommt diese Fähigkeit, so außergewöhnliche, so magische Dinge zu erzählen?

G. G. M.: Meine Großeltern stammen von Galiziern ab, und viel von dem Übernatürlichen, das sie mir erzählt haben, kommt aus Galizien. Aber ich glaube, diese Neigung zum Übernatürlichen, die den Galiziern eigen ist, ist auch afrikanische Erbschaft. Die kolumbianische Küste der Karibik, an der ich geboren bin, ist zusammen mit Brasilien der Teil Lateinamerikas, in dem man den Einfluß von Afrika am stärksten spürt. In dieser Beziehung war meine Reise 1978 durch Angola eine der faszinierendsten Erfahrungen, die ich je gemacht habe. Ich glaube, sie war ein entscheidender Einschnitt in meinem Leben.

Ich hatte damit gerechnet, eine völlig fremde Welt anzutreffen, aber in dem Augenblick, da ich den Fuß auf das Land dort setzte, von dem Moment an sogar, da ich die Luft einatmete, war ich plötzlich in der Welt meiner Kindheit, ja, ich fand dort meine Kindheit, vergessene Gegenstände und Gebräuche ... Ich hatte sogar wieder dieselben Alpträume wie als Kind.

In Lateinamerika hat man uns beigebracht, daß wir Spanier sind. Das ist teilweise richtig, denn das spanische Element bildet einen Teil unserer kulturellen Identität, den man nicht lernen kann. Auf dieser Reise nach Angola habe ich jedoch entdeckt, daß wir auch Afrikaner waren. Oder besser, daß wir Mestizen waren. Daß unsere Kultur eine Mischung war, die sich durch verschiedene Beiträge bereichert hatte. Bis dahin war mir das noch nie bewußt geworden.

In der Gegend, in der ich geboren bin, gibt es Kulturformen mit afrikanischen Wurzeln, die von denen des Hochlandes, wo es Eingeborenenkulturen gibt, ganz verschieden sind. In der Karibik, zu der ich gehöre, hat sich die überschäumende Einbildungskraft der schwarzen, afrikanischen Sklaven mit der der präkolumbianischen Eingeborenen vermischt und dann auch noch mit der Phantasie der Andalusier und dem Kult des Übernatürlichen der Galizier. Diese Fähigkeit, die Wirklichkeit in bestimmter Weise magisch zu betrachten, ist der Karibik und auch Brasilien eigen. Daraus ist eine Literatur, eine Musik und eine Malerei wie die von Wilfredo Lam hervorgegangen, die den ästhetischen Ausdruck von diesem Teil der Welt ausmachen.

P. A. M.: Zusammenfassend läßt sich sagen: Der stärkste Einfluß, stärker als jeder andere, der dich literarisch geprägt hat, kommt aus deiner kulturellen und geographischen Identität, aus der Karibik. Sie ist deine Welt und die Welt, die du zum Ausdruck bringst. Wie überträgt sich dieser Einfluß auf deine Bücher?

G. G. M.: Ich glaube, die Karibik hat mich gelehrt, die Realität auf andere Weise zu sehen und die übernatürlichen Elemente als einen Teil unseres täglichen Lebens zu akzeptieren. Die Karibik ist eine Welt für sich, deren erstes Werk magischer Literatur das *Schiffstagebuch des Christoph Columbus* ist, ein Buch, das von fabelhaften Pflanzen und mythologischen Welten berichtet. Ja, die Geschichte der Karibik ist voller Magie, einer Magie, die von den schwarzen Sklaven aus Afrika, aber auch von den schwedischen, holländischen und englischen Seeräubern mitgebracht wurde, die in New Orleans eine Opernbühne aufbauen und die Zähne ihrer Frauen mit Diamanten füllen konnten. Die menschliche Mischung und die Gegensätze, die es in der Karibik gibt, findet man nirgendwo sonst auf der Welt. Ich kenne alle ihre Inseln: Mulattenmädchen mit honigfarbener Haut, grünen Augen und goldenen Kopftüchern; mit Indios gekreuzte Chinesen, die Kleider waschen und Amulette verkaufen; grüne Inder, die aus ihren Elfenbeinläden kommen, um mitten auf der Straße zu kacken; glühend heiße, staubige Dörfer, deren Häuser von

Wirbelstürmen zerstört werden, und auf der anderen Seite Wolkenkratzer mit getönten Scheiben und ein Meer in sieben Farben.

Also, wenn ich anfange, über die Karibik zu reden, gibt es kein Halten mehr. Sie ist nicht nur die Welt, die mich gelehrt hat zu schreiben, sie ist auch die einzige Gegend, in der ich mich nicht als Fremder fühle.

Das
Werk

P. A. M.: Glaubst du das wirklich?

G. G. M.: Ja, das glaube ich: Ein Schriftsteller schreibt nur ein einziges Buch, auch wenn dieses Buch in vielen Bänden und unter verschiedenen Titeln erscheint. Das trifft für Balzac, Conrad, Melville, Kafka und natürlich für Faulkner zu. Manchmal überragt eins dieser Bücher die anderen so weit, daß der Autor nur Autor eines einzigen Werkes oder eines Hauptwerkes zu sein scheint. Wer denkt noch an die Novellen von Cervantes? Wer erinnert sich zum Beispiel an den *Lizentiat Vidriera*, den man immer noch mit demselben Vergnügen liest wie irgendeine seiner besten Seiten? In Lateinamerika ist Romulo Gallegos durch *Doña Barbara* bekannt, obwohl das nicht sein bestes Werk ist. Und Asturias durch *Der Herr Präsident*, einen ganz schlechten Roman, der bei weitem nicht an die *Legenden aus Guatemala* heranreicht.

P. A. M.: Wenn jeder Schriftsteller sein ganzes Leben lang nur an einem einzigen Buch schreibt, was ist dann dein Buch? Das über Macondo?

G. G. M.: Du weißt genau, daß das nicht stimmt. Nur zwei meiner Romane, *Laubsturm* und *Hundert Jahre Einsamkeit*, und ein paar Erzählungen, die im *Leichenbegängnis der großen Mama* veröffentlicht sind, spielen in Macondo. Die anderen, *Der Oberst hat niemand, der ihm schreibt, Die böse Stunde* und *Chronik eines angekündigten Todes* haben als Schauplatz ein anderes Dorf an der kolumbianischen Küste.

P. A. M.: Ein Dorf ohne Bahn oder Bananengeruch.

G. G. M.: ... aber mit einem Fluß. Ein Dorf, das man nur im Boot erreicht.

P. A. M.: Wenn es nicht das Buch über Macondo ist, was ist dann dein einziges Buch?

G. G. M.: Das Buch der Einsamkeit. Wenn du genau hinsiehst, ist die Figur in *Laubsturm* ein Mann, der in vollkommener Einsamkeit lebt und stirbt. Auch in *Der Oberst hat niemand, der ihm schreibt* ist die Hauptperson einsam; der Oberst, der mit seiner Frau und seinem Hahn jeden Freitag auf eine Pension wartet, die nie kommt. Und einsam ist auch der Bürgermeister in *Die böse Stunde*, der es nicht fertigbringt, das Vertrauen des Dorfes zu gewinnen, und auf seine Art die Einsamkeit der Macht erlebt.

P. A. M.: Wie Aureliano Buendía und der Patriarch.

G. G. M.: Genau. Die Einsamkeit ist das Thema von *Der Herbst des Patriarchen* und natürlich auch von *Hundert Jahre Einsamkeit*.

P. A. M.: Wenn die Einsamkeit Thema all deiner Bücher ist, wo liegt dann die Wurzel dieses beherrschenden Gefühls begraben? Vielleicht in deiner Kindheit?

G. G. M.: Ich glaube, das ist ein Problem aller Menschen. Jeder drückt es auf seine Art und mit seinen Mitteln aus. Viele Schriftsteller, einige ohne es zu merken, bringen in ihrem Werk nichts anderes zum Ausdruck. Ich bin einer davon. Du nicht?

P. A. M.: Doch, ich auch. Dein erstes Buch, *Laubsturm*, trägt in sich schon den Keim von *Hundert Jahre Einsamkeit*. Wie beurteilst du heute den jungen Mann, der dieses Buch geschrieben hat?

G. G. M.: Er tut mir ein bißchen leid, denn er hat es in Eile geschrieben, weil er glaubte, daß er in seinem Leben nichts anderes mehr schreiben würde und dies seine einzige Gelegenheit wäre; deshalb hat er versucht, in das Buch alles hineinzulegen, was er bis dahin gelernt hatte, besonders die literarischen Mittel und Kunstgriffe, die er von den nordamerikanischen und englischen Romanschriftstellern, deren Bücher er gerade las, übernommen hatte.

P. A. M.: Virginia Woolf, Joyce und Faulkner natürlich. Jedenfalls ähnelt die Technik von *Laubsturm* stark der von Faulkner in *Als ich im Sterben lag.*

G. G. M.: Es ist nicht ganz dieselbe. Ohne sie zu benennen, arbeite ich mit drei genau bestimmbaren Sichtweisen: der eines alten Mannes, der eines Kindes und der einer Frau. Genaugenommen hat *Laubsturm* dieselbe Technik und dasselbe Thema (Betrachtung eines Toten und seiner Umgebung) wie *Der Herbst des Patriarchen.* Nur daß ich es im *Laubsturm* nicht gewagt habe, mich zu lösen; die Monologe sind streng systematisch. Im *Herbst eines Patriarchen* dagegen sind die Monologe vielfältig, manchmal innerhalb ein und desselben Satzes. Da kann ich schon allein fliegen und machen, was ich will.

P. A. M.: Kommen wir auf den jungen Mann zurück, der *Laubsturm* geschrieben hat. Du warst damals zwanzig Jahre alt.

G. G. M.: Zweiundzwanzig.

P. A. M.: Zweiundzwanzig Jahre, du hast in Barranquilla gelebt und an dem Roman – wenn ich mich recht erinnere – spät abends im Redaktionszimmer einer Zeitung gearbeitet, wenn alle anderen Leute weggegangen waren.

G. G. M.: Bei *El Heraldo.*

P. A. M.: Ja, ich habe dieses Redaktionszimmer kennengelernt: Neonbeleuchtung, Ventilatoren an der Decke und immer große Hitze. In der Straße war eine miese Bar neben der anderen, Calle del Crimen, Verbrechensstraße; heißt sie eigentlich immer noch so?

G. G. M.: Natürlich, Calle del Crimen. Ich wohnte dort in Stundenhotels, genau wie die Nutten. Das Zimmer kostete einen Peso fünfzig pro Nacht. *El Heraldo* zahlte mir drei Pesos pro Spalte und manchmal noch weitere drei für den Leitartikel. Wenn ich keinen Peso fünfzig mehr hatte, um das Zimmer zu bezahlen, hinterlegte ich beim Hotelpförtner die Originalmanuskripte von *Laubsturm* als Pfand. Er wußte, daß das für mich sehr wichtige Papiere waren. Lange Zeit später, als ich schon *Hundert Jahre Einsamkeit* geschrieben hatte, erkannte ich diesen Pförtner unter den Leuten wieder, die kamen, um mich zu begrüßen oder um ein Autogramm zu bitten. Er erinnerte sich noch an alles.

P. A. M.: Du hattest Schwierigkeiten, für *Laubsturm* einen Verleger zu finden.

G. G. M.: Fünf Jahre vergingen, bis ich dafür einen Verleger gefunden hatte. Ich habe den Roman an Editorial Losada (nach Argentinien) geschickt, und sie haben ihn mir mit einem Brief des spanischen Kritikers Guillermo de Torre zurückgeschickt, der mir riet, mich mit etwas anderem zu beschäftigen, mir aber etwas zugestand, was mich heute mit Genugtuung erfüllt: beachtlichen Sinn für Poesie.

P. A. M.: Ich glaube, du hast mir erzählt, daß es dir in Frankreich einmal ähnlich gegangen ist. Wenn ich nicht irre, war es mit Roger Caillois.

G. G. M.: *Der Oberst* ... war Gallimard lange vor *Hundert Jahre* ... angeboten worden. Es gab zwei Lektoren: Juan Goytisolo und Roger Caillois. Goytisolo, der damals im Gegensatz zu heute noch kein guter Freund von mir war, hat das Buch ausgezeichnet beurteilt. Caillois dagegen lehnte es völlig ab. Ich mußte erst *Hundert Jahre* ... schreiben, bis sich Gallimard wieder für ein Buch von mir interessierte. Aber da hatte meine Agentin schon andere Verträge in Frankreich abgeschlossen.

P. A. M.: Nach *Laubsturm* und vor *Hundert Jahre Einsamkeit* werden *Der Oberst hat niemand, der ihm schreibt, Die böse Stunde* und *Das Leichenbegängnis der großen Mama* in Sprache und Konstruktion plötzlich realistisch, nüchtern und streng; es fehlt jegliche Magie und Unmäßigkeit. Woraus erklärt sich dieser Wandel?

G. G. M.: Als ich *Laubsturm* schrieb, war ich schon der Überzeugung, daß jeder gute Roman eine poetische Umsetzung der Wirklichkeit sein sollte. Dieses Buch ist aber – wie du dich erinnerst – in einem Moment erschienen, in dem Kolumbien eine Epoche blutiger politischer Verfolgung erlebte, und meine politisch aktiven Freunde haben bei mir entsetzliche Schuldkomplexe ausgelöst. »Das ist ein Roman, der nichts anklagt und nichts entlarvt«, sagten sie.[41] Heute finde ich dieses Konzept grob vereinfachend und falsch, aber damals meinte ich daraufhin, ich müßte mich mit der unmittelbaren Realität des Landes befassen und mich etwas von meinen anfänglichen, literarischen Vorstellungen trennen, zu denen ich glücklicherweise später wieder zurückgekehrt bin. In der Zwischenzeit lief ich ernstlich Gefahr, mir das Genick zu brechen.

Der Oberst hat niemand, der ihm schreibt, Die böse Stunde und viele Erzählungen aus dem *Leichenbegängnis der großen Mama* sind Werke, die von der kolumbianischen Wirklichkeit geprägt sind, und ihre rationalistische Struktur ist durch das Thema bestimmt. Ich bereue es nicht, sie geschrieben zu haben, aber sie bilden eine Art vorsätzlich geplanter Literatur, die ein etwas statisches, einseitiges Bild der Wirklichkeit bieten. Mögen sie einem noch so gut oder schlecht vorkommen, so sind es doch Bücher, die mit der letzten Seite zu Ende sind. Sie sind beschränkter, als es meines Erachtens bei mir nötig wäre.

P. A. M.: Was hat dich veranlaßt, die Richtung zu ändern?

G. G. M.: Das Überdenken der eigenen Arbeit. Ein langer Reflexionsprozeß, an dessen Ende ich begriffen habe, daß ich nicht der politischen und sozialen Realität meines Landes, sondern der ganzen Realität dieser Welt und der anderen verpflichtet bin, ohne irgendeinen ihrer Aspekte unbeachtet zu lassen oder zu verschmähen.

P. A. M.: Das bedeutet, du hast aus der eigenen Erfahrung heraus die berühmte engagierte Literatur, die in Lateinamerika so viel Unheil gestiftet hat, bekämpft.

G. G. M.: Du weißt genau, ich bin, was meine persönlichen politischen Überzeugungen angeht, ein engagierter Mensch, ein politisch engagierter Mensch.

P. A. M.: Für den Sozialismus ...

G. G. M.: Ich will, daß die Welt sozialistisch wird, und glaube, früher oder später wird sie es auch. Aber ich habe viele Vorbehalte gegenüber dem, was wir unter uns als engagierte Literatur bezeichnet haben oder genauer, als sozialen Roman, der den Höhepunkt dieser Literatur darstellt, denn ich glaube, daß diese eingeschränkte Betrachtungsweise der Welt und des Lebens, politisch gesprochen, nichts genützt hat. Statt einen Prozeß des Bewußtwerdens zu beschleunigen, verlangsamt sie ihn noch. Die Lateinamerikaner erwarten von einem Roman mehr als die Entlarvung von Unterdrückung und Ungerechtigkeit, die sie bis zum Überdruß kennen. Viele meiner politisch aktiven Freunde, die sich regelmäßig verpflichtet fühlen, den Schriftstellern Normen zu diktieren, was man schreiben soll und was nicht, beziehen – vielleicht ohne es zu wissen – eine reaktionäre Position, weil sie der künstlerischen Freiheit Schranken setzen. Ich glaube, ein Roman über die Liebe ist genauso wichtig wie irgendein anderer. Dagegen ist es Pflicht des Schriftstellers, revolutionäre Pflicht, wenn man so will, gut zu schreiben.

P. A. M.: Wie bist du, nachdem du dich von der Verpflichtung gegenüber einer unmittelbaren, politischen Realität befreit hattest, zu dieser anderen, nennen wir sie einmal, mythischen Behandlung der Realität gekommen, die es dir ermöglicht hat, *Hundert Jahre Einsamkeit* zu schreiben?

G. G. M.: Wie ich schon gesagt habe: Vielleicht haben mich die Schilderungen meiner Großmutter auf die Spur gebracht. Für sie waren die Mythen, Legenden und der Wunderglaube der Leute auf ganz natürliche Weise ein Teil ihres täglichen Lebens. Beim Gedanken an sie wurde mir plötzlich bewußt, daß ich ja nichts erfand, sondern einfach eine Welt von Vermutungen, Heilbehandlungen, Vorahnungen und Aberglau-

ben, wenn du willst, erfaßte und wiedergab, eine Welt, die ganz unser eigen und sehr lateinamerikanisch war. Denk zum Beispiel nur an diese Männer in unserem Land, die es fertigbringen, einer Kuh durch das Sprechen von Gebeten die Würmer aus den Ohren zu holen.[42] Unser ganzes tägliches Leben in Lateinamerika ist voll solcher Fälle.
Deshalb war die Entdeckung, die mir möglich machte, *Hundert Jahre Einsamkeit* zu schreiben, einfach die Entdeckung einer Wirklichkeit, unserer Wirklichkeit; allerdings wurde sie ohne die Beschränkungen gesehen, die Traditionalisten und Stalinisten aller Zeiten versucht haben, ihr aufzuzwingen, um weniger Mühe zu haben, sie zu verstehen.

P. A. M.: Und die Unmäßigkeit, die in *Hundert Jahre Einsamkeit*, im *Herbst des Patriarchen* und in deinen letzten Erzählungen vorkommt, liegt die vielleicht auch in der Realität, oder ist sie ein literarisches Produkt?

G. G. M.: Nein, die Unmäßigkeit ist auch ein Teil unserer Wirklichkeit. Unsere Wirklichkeit ist unmäßig und stellt uns Schriftsteller oft vor ernste Probleme, denn die Worte reichen einfach nicht aus. Wenn wir von einem Fluß sprechen, dann ist das größte, was sich ein europäischer Leser vorstellen kann, die Donau mit 2790 Kilometern Länge. Wie soll er sich da den Amazonas vorstellen, der an bestimmten Stellen so breit ist, daß man nicht von einem Ufer zum anderen sehen kann? Das Wort Gewitter weckt beim europäischen Leser eine andere Vorstellung als bei uns; genauso geht es mit dem Wort Regen, das nichts mehr mit den wolkenbruchartigen Wasserfluten der Tropen zu tun hat. Die Flüsse mit kochendem Wasser, die Gewitter, die die Erde erzittern lassen, und die Wirbelstürme, die Häuser durch die Luft schleudern, sind keineswegs erfunden, sondern in unserer Welt vorkommende Dimensionen der Natur.[43]

P. A. M.: Also gut, du hast die Mythen, die Magie und die Unmäßigkeit entdeckt und das alles unserer Wirklichkeit entnommen. Aber die Sprache? In *Hundert Jahre Einsamkeit* hat die Sprache einen Glanz, einen Reichtum und eine verschwenderische Fülle, die es in deinen früheren Büchern mit Ausnahme der Erzählung *Das Leichenbegängnis der großen Mama* nicht gab.

G. G. M.: Es mag anmaßend klingen, aber eigentlich habe ich diese Sprache schon lange vorher beherrscht, vielleicht seit ich angefangen habe zu schreiben. Nur habe ich sie nicht gebraucht.

P. A. M.: Glaubst du wirklich, ein Schriftsteller kann von einem Buch zum nächsten die Sprache wechseln, so wie er von einem Tag auf den anderen das Hemd wechselt? Findest du nicht, daß die Sprache einen Teil der Identität des Schriftstellers ausmacht?

G. G. M.: Nein, ich glaube, Technik und Sprache sind Werkzeuge, die vom Thema eines Buches bestimmt werden. Die Sprache, die in *Der Oberst hat niemand, der ihm schreibt*, in *Die böse Stunde* und in verschiedenen Erzählungen in *Das Leichenbegängnis der großen Mama* benutzt wird, ist kurz und bündig, nüchtern und beherrscht vom Bemühen um Effizienz. Sie kommt vom Journalismus her. In *Hundert Jahre Einsamkeit* habe ich eine reichere Sprache gebraucht, um der anderen Realität Einlaß zu verschaffen, die wir mythische oder magische Realität nennen wollten.

P. A. M.: Und im *Herbst des Patriarchen*?

G. G. M.: Da mußte ich auch eine andere Sprache suchen und gleichzeitig von der in *Hundert Jahre Einsamkeit* loskommen.

P. A. M.: *Der Herbst des Patriarchen* ist ein Prosagedicht. Ist das der Einfluß deiner poetischen Lehrzeit?

G. G. M.: Nein, hauptsächlich der der Musik. Ich habe noch nie so viel Musik gehört wie damals, als ich dieses Buch schrieb.

P. A. M.: Welche Musik vor allem?

G. G. M.: In diesem konkreten Fall Béla Bartók und die ganze Volksmusik der Karibik. Die Mischung war unweigerlich explosiv.

P. A. M.: Du hast auch gesagt, in diesem Buch gebe es viele Anspielungen oder Redewendungen aus der Umgangssprache.

G. G. M.: Richtig. Was die Sprache betrifft, so ist *Der Herbst des Patriarchen* von all meinen Romanen der volkstümlichste, er ist den Themen, Sätzen, Liedern und Refrains aus dem Gebiet der Karibik am nächsten. Da gibt es Sätze, die wohl nur die Taxifahrer aus Barranquilla verstehen können.

P. A. M.: Wie siehst du dein Werk rückblickend, deine ersten Bücher zum Beispiel?

G. G. M.: Das habe ich schon gesagt: mit einer gewissen paternalistischen Zärtlichkeit. So wie man an seine Kinder denkt, die jetzt erwachsen sind und von zu Hause weggehen. Mir kommen diese ersten Bücher so weit entfernt und schutzlos vor. Ich erinnere mich noch an all die Probleme, die sie dem jungen Mann gemacht haben, der sie schrieb.

P. A. M.: Probleme, die du heute mit Leichtigkeit lösen würdest.

G. G. M.: Ja, Probleme, die heute keine Probleme mehr wären.

P. A. M.: Gibt es eine Verbindung zwischen diesen ersten Büchern und denen, die dich später weltbekannt machen sollten?

G. G. M.: Ja, die gibt es, und für mich ist es eine Notwendigkeit zu wissen, daß es sie gibt, und ich muß auch auf sie achten.

P. A. M.: Welches ist das wichtigste deiner Werke?

G. G. M.: Literarisch gesprochen ist die wichtigste Arbeit die, die mich vor dem Vergessen bewahren wird, *Der Herbst des Patriarchen*.

P. A. M.: Du hast auch gesagt, das Buch hätte dich beim Schreiben am glücklichsten gemacht. Warum?

G. G. M.: Weil es das Buch ist, das ich immer schon schreiben wollte, und außerdem das Buch, in dem ich mit meinen persönlichen Bekenntnissen am weitesten gegangen bin.

P. A. M.: Gebührend verschlüsselt natürlich.

G. G. M.: Natürlich.

P. A. M.: An diesem Buch hast du am längsten geschrieben.

G. G. M.: Insgesamt siebzehn Jahre. Und zwei Fassungen wurden verworfen, bis ich die passende Form fand.

P. A. M.: Ist das dann dein bestes Buch?

G. G. M.: Bevor ich die *Chronik eines angekündigten Todes* schrieb, habe ich behauptet, mein bester Roman sei *Der Oberst hat niemand, der ihm schreibt*. Ich hatte ihn neunmal geschrieben und hielt das Buch immer für das unangreifbarste meiner Werke.

P. A. M.: Aber jetzt findest du die *Chronik eines angekündigten Todes* noch besser?

G. G. M.: Ja.

P. A. M.: In welchem Sinne meinst du das?

G. G. M.: In dem Sinn, daß ich genau das erreicht habe, was ich wollte. Das ist mir vorher nie passiert. In anderen Büchern hat mich das Thema mitgerissen, manchmal haben die Personen ein Eigenleben bekommen und gemacht, was sie wollten.

P. A. M.: Das ist eins der merkwürdigsten Dinge beim Schreiben ...

G. G. M.: Aber ich mußte ein Buch schreiben, das ich streng unter Kontrolle hatte, und ich glaube, mit *Chronik eines angekündigten Todes* habe ich das erreicht. Das Thema ist haargenau wie ein Kriminalroman strukturiert.

P. A. M.: Merkwürdig: bei deinen besten Büchern erwähnst du nie *Hundert Jahre Einsamkeit*, das Buch, das viele Kritiker für unübertrefflich halten. Trägst du ihm wirklich so viel nach?

G. G. M.: Ja, allerdings. Es hätte mir fast das Leben zerstört. Nach seiner Veröffentlichung war nichts mehr wie vorher.

P. A. M.: Warum?

G. G. M.: Weil der Ruhm den Sinn für Realität stört, vielleicht genauso wie die Macht, außerdem ist er eine ständige

Bedrohung des Privatlebens. Zu allem Unglück glaubt einem das niemand, der es nicht erlebt hat.

P. A. M.: Vielleicht kommt dir der Erfolg, den du damit gehabt hast, gegenüber deinen übrigen Werken ungerechtfertigt vor?

G. G. M.: Das ist es nicht. Wie ich gerade eben gesagt habe, ist *Der Herbst des Patrarchen* literarisch die wichtigere Arbeit. Aber der Roman handelt von der Einsamkeit der Macht und nicht von der Einsamkeit des täglichen Lebens. Was in *Hundert Jahre Einsamkeit* erzählt wird, ähnelt jedermanns Leben. Außerdem ist es einfach, flüssig, geradlinig und – ich würde sagen (und habe es schon gesagt) – oberflächlich geschrieben.

P. A. M.: Anscheinend magst du es nicht.

G. G. M.: Nein, aber die Tatsache zu wissen, daß es mit allen Mitteln und Tricks des Lebens und allen Mitteln und Tricks des Handwerks geschrieben ist, ließen mich schon, bevor ich es geschrieben hatte, annehmen, daß ich es übertreffen könnte.

P. A. M.: Schlagen.

G. G. M.: Ja, schlagen.

Die Zeit des Wartens

P. A. M.: Das erste Buch schrieb er in einem Stück. Mit stummem Ungestüm arbeitete er Nacht für Nacht in der verlassenen Redaktion des *Heraldo* von Barranquilla, wenn die Setzmaschinen schwiegen und man aus dem Erdgeschoß das verdrießliche Schnaufen einer Rotationsmaschine hörte. Über den leeren Schreibtischen kreisten die Flügel der Ventilatoren, unfähig, die Hitze zu mildern. Aus der Ferne ertönte die Schlagermusik der Schankstuben der Calle del Crimen. Es war schon spät, fast Morgen, wenn er erschöpft, aber immer noch nicht schläfrig, den Kopf voll mit Erinnerungen und Leuten aus Macondo, von seiner Schreibmaschine aufstand. Er legte die frisch geschriebenen Manuskriptseiten in eine Ledermappe und ging. Draußen atmete man den lauwarmen Duft von Sümpfen und faulenden Früchten ein, das war der gewohnte Geruch der Stadt. In der Tür einer Bar stand schwankend ein Betrunkener. Mit seinem Manuskript unter dem Arm ging Gabriel über den Saint-Nicolás-Platz, der zu dieser Stunde Bettlern und Abfällen überlassen blieb, in sein Nuttenhotel über den Notariatsbüros, wo er für einen Peso und fünfzig Centavos jede Nacht ein anderes Zimmer bekam, in dem es nur ein Feldbett zwischen vier Pappwänden gab.
In dieser Atmosphäre entstand sein erster Roman. Ein tiefsinniges Buch, das schon die ganze Trostlosigkeit von Macondo und die wehmütige Erinnerung an vergangene Zeiten enthält. *Laubsturm* hätte ihn mit vollem Recht in Lateinamerika bekannt machen können. Aber es war nicht so. Anerkennung, Ruhm oder wie man sonst den Lohn nennen mag, auf den

jeder Schriftsteller nach einem guten Buch oder vieren, wie in seinem Fall, Anspruch hat, kam bei ihm erst viele Jahre später, als zu seiner Überraschung plötzlich sein fünftes Buch, *Hundert Jahre Einsamkeit* zunächst in Buenos Aires, dann in Lateinamerika und schließlich in der ganzen Welt wegging wie warme Semmeln. Die Wartezeit war hart. Er ertrug sie geduldig, vielleicht ein wenig geringschätzig, wurde aber insgeheim von Unsicherheit und Problemen bedrängt.

Es dauerte fünf Jahre, bis *Laubsturm* herauskam. Die wenigen Verleger, denen das Buch angeboten worden war, zeigten keinerlei Interesse. Der Lektor von Editorial Losada in Buenos Aires, der spanische Kritiker Guillermo de Torre, lehnte es mit einer barschen Bemerkung ab: abgesehen von einer gewissen poetischen Atmosphäre billige er dem Roman keinerlei Bedeutung zu. Er erlaubte sich sogar, dem Autor gnädig zu empfehlen, sich einer anderen Tätigkeit zuzuwenden. Gabriel, der damals als Reporter bei der Tageszeitung *El Espectador* in Bogotá arbeitete, brachte schließlich *Laubsturm* auf eigene Kosten mit Hilfe von einigen Freunden bei einer bescheidenen Druckerei in Bogotá selbst heraus. Sicher, das Buch wurde im lokalen Bereich gut besprochen, aber seine Resonanz war geringer als die von Gabriels Reportagen in *El Espectador*. Die Odyssee, die ein Schiffbrüchiger durchlebt hatte, oder das Leben eines Radrenn-Champions in Fortsetzungen führten dazu, daß die jeweilige Ausgabe der Zeitung ausverkauft war.

Als *El Espectador* ihn als Korrespondenten nach Europa schickte, war Gabriel in seinem Land schon ein bekannter Journalist, blieb aber weiter ein unbekannter Schriftsteller. Für die Besitzerin des Hôtel de Flandre in der Rue Cujas, in das er im Winter 1955 zog, war und ist er heute, wenn sie sein Bild in den Zeitungen sieht, *le journaliste du septième étage*.

Ich habe ihn in dieser Zeit gesehen. Damals war er, wie ich ihn schon beschrieben habe, ein hilfloser Fisch (heute hat sein starker Aszendent, der Stier, Kontrolle über sein Leben gewonnen), der sich nur vom Radarsystem seiner Vorahnungen leiten ließ.

Er war dünn, hatte ein Gesicht wie ein Algerier, das sofort das Mißtrauen der Polizei weckte und sogar die Algerier selbst verwirrte (manchmal blieben sie mitten auf dem Boul' Mich' stehen und sprachen ihn auf arabisch an); er rauchte drei Päckchen Zigaretten am Tag und versuchte, sich in Paris, diesem Meer aus Steinen und Nebel, zurechtzufinden, ohne die Sprache zu sprechen. Es war die Zeit des Algerienkrieges, der ersten Lieder von Brassens und der Verliebten, die sich in der Métro und an den Türen verzweifelt küßten. Es war vor Budapest, und man sah die Welt noch wie einen Wildwestfilm, auf der einen Seite, der des Sozialismus, die Guten, auf der anderen Seite die Schlechten.

Wir waren neulich noch einmal in der Mansarde, die er damals in der Rue Cujas bewohnt hatte. Die Fenster blicken auf die Dächer des Quartier Latin; man hört noch immer die Uhr der Sorbonne schlagen, nur nicht mehr die traurige Stimme des Artischockenverkäufers, die damals jeden Morgen von der Straße heraufschallte. Mit den Knien dicht am Heizkörper, das Bild seiner Verlobten, Mercedes, in Blickrichtung mit einer Nadel an die Wand gesteckt, schrieb Gabriel jede Nacht bis zum Morgengrauen an einem Roman, der später *Die böse Stunde* werden sollte. Kaum begonnen, mußte er ihn unterbrechen: Eine Person, die eines alten Obersts, der vergeblich auf seine Veteranenpension wartete, beanspruchte eine eigene Welt, ein Buch. Gabriel schrieb *Der Oberst hat niemand, der ihm schreibt* teilweise, um für *Die böse Stunde* den Weg freizumachen und teilweise auch, um sich die täglichen Teufel von damals literarisch auszutreiben: Auch er, genau wie sein Held, wußte nicht, wovon er am nächsten Tag sein Essen bezahlen sollte, und wartete immer auf einen Brief mit Geld, der niemals kam.

Seine Geldsorgen hatten mit einer dreizeiligen Notiz in *Le*

Monde begonnen, die wir zusammen in einem Café der Rue des Écoles lasen: Rojas Pinilla, der Diktator, der damals in Kolumbien an der Macht war, hatte die Zeitung *El Espectador* geschlossen, deren Pariser Korrespondent Gabriel war. »Das ist nicht schlimm«, sagte er. Aber das war es doch. In den Briefen lagen keine Schecks mehr, und einen Monat später wußte er nicht, wovon er sein Hotel bezahlen sollte. Brassens sang weiter seine Lieder, und die jungen Leute küßten sich weiter in der Métro, aber Paris war nicht mehr das Paris der ersten Tage, sondern die bittere und harte Stadt, wie sie so viele Lateinamerikaner in eiskalten Zimmern und mit zerrissenen Pullovern kennengelernt haben, eine Stadt, wo eine warme Mahlzeit und ein Eckchen am Feuer schon einen heimlichen Glanz ausstrahlten.
Die Armut in Barranquilla hatte ihre malerische Seite und war auch relativ: Es gab allenthalben Freunde; der Gouverneur schickte Gabriel zur Überraschung des Pförtners und der Nutten sein Auto in das Hotel, in dem er wohnte. Die Karibik ist human. »Wo zwei essen, essen auch drei«, sagt man dort. Paris dagegen hat ein hartes Herz gegenüber der Not. Gabriel begriff das sehr gut, als er in der Métro um ein Geldstück bitten mußte. Man gab es ihm, aber der Mann, der es ihm mit mürrischer Miene in die Hand legte, wollte seine Erklärung nicht hören.
Gabriel hat einmal gesagt, daß ihm von jeder Stadt, in der er gelebt hat, ein bestimmtes Bild besonders deutlich in Erinnerung bleibt. Das von Paris ist traurig: »Es war eine sehr lange Nacht, denn ich wußte nicht, wo ich schlafen sollte, und verbrachte die Zeit auf Parkbänken dösend, wärmte mich am gottgesandten Dampf, der aus den vergitterten Métroschächten aufstieg, und mied die Polizisten, die mich verprügelten, weil sie mich für einen Algerier hielten. In der Frühe hörte es plötzlich auf, nach gekochtem Blumenkohl zu riechen, die Seine blieb stehen, und im leuchtenden Dunst eines herbstlichen Dienstagmorgens war ich das einzige lebende Wesen in

einer verlassenen Stadt. Da geschah es: Als ich über den Pont Saint-Michel ging, hörte ich die Schritte eines Mannes, ahnte im Nebel das dunkle Jackett, die Hände in den Taschen, das frisch gekämmte Haar, und im Augenblick, in dem wir uns auf der Brücke begegneten, sah ich für den Bruchteil einer Sekunde sein knöchernes, bleiches Gesicht: Er weinte.«

Ein Kind dieser Zeit ist *Der Oberst hat niemand, der ihm schreibt*, sein zweites Buch. Auch das öffnete ihm keine Tür. Ich weiß noch, daß ich lange Zeit eine Kopie des Manuskriptes auf gelben Blättern besaß. Ich zeigte es Leuten, die seine Veröffentlichung hätten ermöglichen können, aber sie schienen seine literarischen Qualitäten nicht zu bemerken.

Als wir dann nach den Pariser Jahren als Journalisten in Caracas arbeiteten, schrieb Gabriel nachts und in seiner freien Zeit weiter. Jetzt waren es die Erzählungen von *Das Leichenbegängnis der großen Mama*. Niemand entdeckte hinter dem Zeitschriftenreporter, der beinah zufällig dort hingekommen war, den guten Schriftsteller, der er damals schon war. Eine Stadt voller Einwanderer, noch immer seelenlos mit ihren Glasgebäuden und Betonautobahnen, wo Erfolg sich in Millionen Bolivares bemißt, hat keine Zeit, Talente zu würdigen, die nicht schon von vornherein anerkannt sind; überschwenglich und großzügig gegenüber dem García Márquez von heute, hatte sie die Existenz des dreißigjährigen, rührigen, schmächtigen Journalisten, der hervorragende Reportagen schrieb und seine Erzählungen erfolglos zu den Wettbewerben der Tageszeitungen schickte, damals noch nicht einmal wahrgenommen.

Die Wartezeit sollte sich dann in Bogotá fortsetzen. Er schrieb weiter bei Nacht (jetzt war es *Die böse Stunde*) und leitete mit mir zusammen die Niederlassung der Nachrichtenagentur *Prensa Latina. Der Oberst hat niemand, der ihm schreibt* wurde in einer Literaturzeitschrift veröffentlicht, ohne daß man ihn vorher um seine Zustimmung gebeten noch ihm irgendein Honorar gezahlt hätte. Sie meinten gutgläubig,

es sei eine großzügige Anerkennung, ein Manuskript zu veröffentlichen, das von den Verlegern verschmäht worden war. Die regionale Kritik von *Der Oberst hat niemand, der ihm schreibt* war jedenfalls gut, wie auch später die von *Die böse Stunde*, einem Roman, der einen nationalen Preis unter der Schirmherrschaft der kolumbianischen Esso AG gewann.
Aber letzten Endes waren es bescheidene Erfolge. Die Auflagen waren klein, die Honorare sehr niedrig und die Verbreitung der Bücher nur regional. Niemand kannte García Márquez außerhalb von Kolumbien. Mit Ausnahme seiner nächsten Freunde sah man ihn auch im Lande selbst nur als wichtigen Vertreter einer örtlich begrenzten Literatur an, nicht aber als Schriftsteller von großem Fromat. Die Crème von Bogotá, die dazu neigt, die Leute nach Namen und Kleidung zu beurteilen, konnte noch nicht über seine provinzielle Herkunft von der Küste hinwegsehen, sein gekräuseltes Haar, seine roten Socken und vielleicht auch seine Unfähigkeit, das Fischbesteck von dem für den Nachtisch zu unterscheiden.
Zu Recht wird gesagt, daß die lateinamerikanische Bourgeoisie das Sein mit dem Haben verwechselt. Ihre Werte sind nur Fassade. An dem Tag, da Gabriel in denselben Hotels abstieg wie sie, in denselben Restaurants Hummer essen konnte und genausogut oder besser die richtige Temperatur der Weine kannte, die verschiedensten Käsesorten und Sehenswürdigkeiten in New York, Paris oder London, öffneten sie ihm ihre Türen, sie waren geschmeichelt, daß er mit ihnen einen Whisky zu trinken geruhte, und sahen dann über alles hinweg, sogar über die alten linken Ideen des Autors von *Hundert Jahre Einsamkeit* und seine Sympathien für Fidel Castro.
Aber damals noch nicht. Trotz seiner schon veröffentlichten Bücher (mit *Das Leichenbegängnis der großen Mama*, das von der Universität Mexiko herausgebracht worden war, jetzt insgesamt vier) sollte die Wartezeit noch einige Jahre dauern. Vom Direktor der Agentur *Prensa Latina*, Jorge Ri-

cardo Masetti, als Korrespondent nach New York geschickt, arbeitete Gabriel weiter tagsüber als Reporter und schrieb nachts in seinem Hotel. Exilkubaner in New York bedrohten ihn am Telefon: Sie erinnerten ihn manchmal daran, daß er Frau und Sohn hatte, denen etwas zustoßen könnte. Auf jede Art von Angriff gefaßt, hatte Gabriel bei seiner Arbeit eine Eisenstange in Reichweite liegen. Kuba selbst dagegen durchlebte das, was später als »Jahr des Sektierertums« bezeichnet wurde. Mitglieder der alten Kommunistischen Partei besetzten die Schlüsselpositionen in den staatlichen Organen; *Prensa Latina* interessierte sie ganz besonders. Jorge Ricardo Masetti, ein junger Argentinier mit klarem Verstand, bot ihnen die Stirn. Er wurde als Direktor der Agentur abgesetzt, daraufhin traten wir, die damals seine revolutionäre Begeisterung und seine Ablehnung des kommunistischen Sektierertums teilten, alle – einschließlich Gabriel – von unseren Posten zurück.
(Für mich bedeutete diese Affäre eine besorgniserregende Wende in der Ausrichtung der kubanischen Revolution. Für Gabriel nicht; er sah sie, glaube ich, als Verkehrsunfall an, der seine Sympathie für die kubanische Regierung nicht trübte, obwohl diese damals sowenig wie heute bedingungslos orthodox gewesen ist.)
Nach seinem Rücktritt saß er ohne Stelle und ohne Geld für die Rückreise in New York. Absurderweise – aber diese Absurditäten haben bei ihm ihre eigene, heimliche, rein intuitive Logik – beschloß er, mit seiner Frau, seinem Sohn und insgesamt hundert Dollar Kapital im Bus nach Mexiko zu fahren.
An dem Tag, als er in Mexiko seine erste Stelle als Redakteur einer Frauenzeitschrift bekam, hatte sich an seinem Schuh die Sohle gelöst. Der Eigentümer des Blattes, gleichzeitig ein bekannter Filmproduzent, bestellte ihn in eine Bar. Gabriel mußte vor ihm kommen und nach ihm gehen, damit er den kaputten Schuh nicht sah. Nach so vielen Jahren war er im-

mer noch in derselben Lage wie damals, als er sich hinsetzte, um sein erstes Buch zu schreiben.

Ich weiß nicht mehr, ob es bei einer meiner Reisen nach Mexiko war oder bei einer seiner Reisen nach Barranquilla, wo ich damals wohnte, jedenfalls sagte er über den Roman, an dem er gerade schrieb: »Er ist wie ein Bolero.« (Der Bolero, als musikalische Ausdrucksform authentisch lateinamerikanisch, ist nur scheinbar maßlos sentimental; er hat noch ein Augenzwinkern dabei, eine ironische Übertreibung, ein »nimm-es-nicht-so-wörtlich«, das, wie die Adjektive bei Borges, anscheinend nur wir Lateinamerikaner erfassen können.) »Bis jetzt«, sagte er zu mir, setzte die Finger auf den Tisch und ließ sie bis zur Mitte laufen, »habe ich mit meinen Büchern immer den sichersten Weg eingeschlagen. Ohne etwas zu riskieren. Jetzt habe ich das Gefühl, daß ich am Rand entlanggehen muß«, und seine Finger balancierten mühsam am Tischrand entlang. »Weißt du, bei einer Person in dem Buch, die erschossen wird, läuft eine Blutspur durch das ganze Dorf bis zur Mutter des Toten. So ist alles auf der Grenze zwischen Erhabenem und Kitsch. Wie der Bolero«, und dann fügte er noch hinzu: »Entweder mache ich mit diesem Buch einen großen Sprung nach vorn, oder ich renne mir den Kopf ein.«

Er sprach natürlich von *Hundert Jahre Einsamkeit*. Kurz nachdem er das Manuskript beendet hatte, las ich es und schrieb ihm mit ein paar Zeilen, daß er zweifellos den großen Sprung gemacht hätte. Ich bekam postwendend Antwort: »Heute habe ich deinen Brief gelesen und werde ruhig schlafen. Die Schwierigkeit war nicht, *Hundert Jahre Einsamkeit* zu schreiben, sondern in den sauren Apfel zu beißen, es den Freunden, die einem wichtig sind, zu lesen zu geben. Die Reaktionen waren viel positiver, als ich erwartet hatte. Ich glaube, am besten spiegelt es das Verhalten von *Editorial Sudamericana* wider: Sie haben einen Vertrag für eine Erstauflage von 10000 Exemplaren gemacht und vor vierzehn Tagen die Auflage verdoppelt, nachdem sie ihren Experten die Druckfahnen gezeigt hatten.«

Ja, die lange Wartezeit, die fünfzehn Jahre zuvor begonnen hatte, als er bis ins Morgengrauen *Laubsturm* schrieb, war jetzt zu Ende.

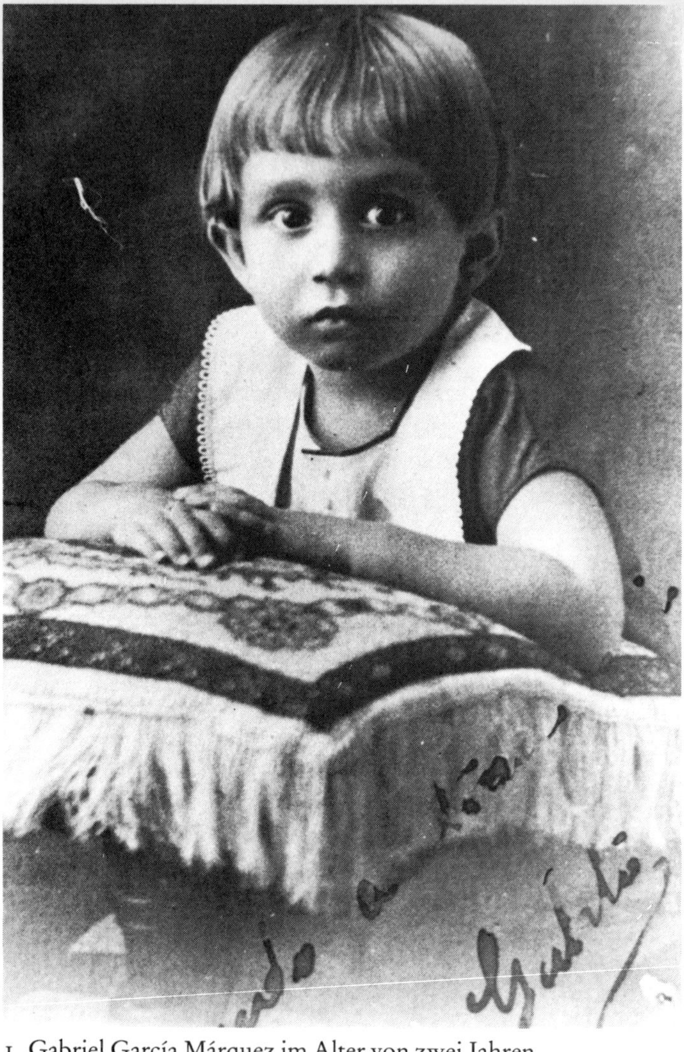

1. Gabriel García Márquez im Alter von zwei Jahren.

2. 1942 in Barranquilla (Kolumbien)

3. 1955 in Polen

4. García Márquez (stehend, in der Mitte) 1956 in Paris bei der Hochzeit seines Freundes Jaime Vallecilla.

5. 1957 in der Sowjetunion (rechts).

6. Barcelona 1970: Gabriel García Márquez, Mario Vargas Llosa, Carlos Barral und Julio Cortázar (von links nach rechts).

7. Mit dem brasilianischen Schriftsteller Jorge Amado.

8. 1978 mit Fidel Castro.

9. Mit Geraldine Chaplin und dem chilenischen Filmregisseur Migũel Littin während der Dreharbeiten von *Die Witwe Montiel* in Mexiko.

10. Mit Pablo Neruda in der Normandie.

11. Mit dem tschechoslowakischen Schriftsteller Milan Kundera und Regis Debray 1980 in Paris.

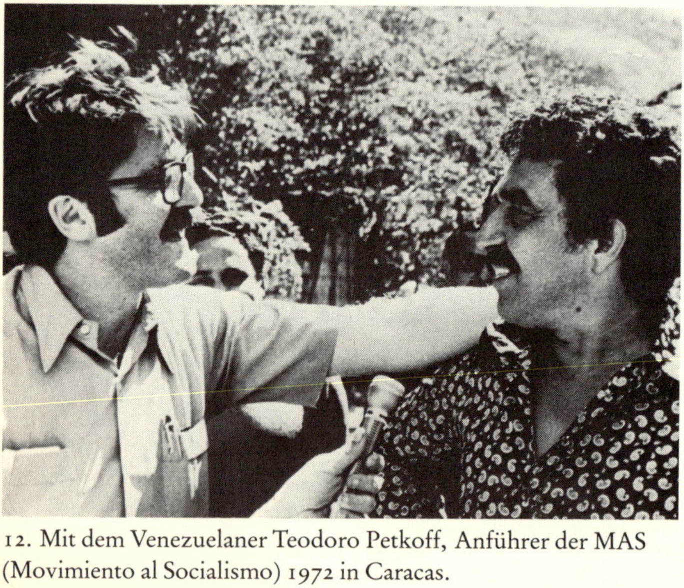

12. Mit dem Venezuelaner Teodoro Petkoff, Anführer der MAS (Movimiento al Socialismo) 1972 in Caracas.

13 a. Mit Plinio A. Mendoza 1981 in Paris.

13 b. Mit Plinio A. Mendoza 1981 in Paris.

14. 1956 in Paris (links).

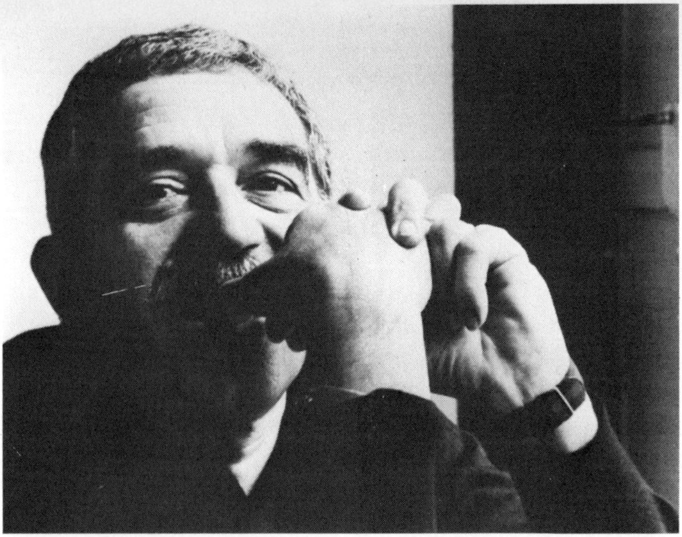

15. 1981 in New York.

16. 1981 in New York.

Hundert Jahre Einsamkeit

P. A. M.: Was hattest du vor, als du dich hinsetztest, um *Hundert Jahre Einsamkeit* zu schreiben?

G. G. M.: Allen Erlebnissen, die mich in irgendeiner Weise während meiner Kindheit berührt hatten, einen in sich geschlossenen literarischen Ausdruck zu verleihen.

P. A. M.: Viele Kritiker sehen in dem Buch eine Parabel oder Allegorie der Geschichte der Menschheit.

G. G. M.: Nein, ich wollte nur ein poetisches Zeugnis der Welt meiner Kindheit geben, die ich, wie du weißt, in einem großen, traurigen Haus verbracht habe, mit einer Schwester, die Erde aß, einer Großmutter, die die Zukunft ahnte, und zahlreichen Verwandten mit gleichen Vornamen, die zwischen Glückseligkeit und Wahnsinn keinen großen Unterschied machten.

P. A. M.: Die Kritiker finden bei dir immer sehr viel komplexere Absichten.

G. G. M.: Wenn es die gibt, müßten sie unbewußt sein. Aber es ist auch möglich, daß die Kritiker im Gegensatz zu den Schriftstellern in den Büchern nicht das finden, was zu finden ist, sondern das, was sie finden wollen.

P. A. M.: Du sprichst immer voller Ironie von den Kritikern. Warum ärgern sie dich so?

G. G. M.: Weil sie meistens auftreten wie der Erzbischof und dabei nicht merken, daß einem Roman wie *Hundert Jahre Einsamkeit* jeglicher Ernst fernliegt, daß er voller Anspielungen steckt, die nur die engsten Freunde verstehen können. Diese Kritiker übernehmen dann die Verantwortung dafür, alle Rätsel des Buches zu lösen, laufen dabei aber Gefahr, großen Unsinn zu reden.

Ich weiß zum Beispiel noch, daß irgendein Kritiker glaubte, einen wichtigen Schlüssel zu dem Roman entdeckt zu haben, als er feststellte, daß eine Person, Gabriel, die sämtlichen Werke von Rabelais mit nach Paris genommen hatte. Von diesem Fund ausgehend meinte er, alle Unmäßigkeiten und alles Schwelgen in Exzessen der Figuren ließe sich mit diesem literarischen Einfluß erklären. In Wirklichkeit habe ich die Anspielung auf Rabelais nur als Bananenschale hingelegt, und viele Kritiker sind darauf ausgerutscht.

P. A. M.: Unabhängig davon, was die Kritiker sagen: Der Roman ist viel mehr als eine poetische Aufarbeitung der Erinnerung an deine Kindheit. Hast du nicht irgendwann einmal gesagt, die Geschichte der Buendías könnte eine Version der Geschichte Lateinamerikas sein?

G. G. M.: Ich glaube, ja. Die Geschichte Lateinamerikas ist auch eine Summe von übermäßigen, unnützen Mühen und Dramen, die von vornherein zum Vergessen verurteilt sind. Die Pest des Vergessens gibt es auch bei uns. Mit der Zeit weiß niemand mehr sicher, ob das Massaker an den Arbeitern der Bananengesellschaft wirklich stattgefunden hat, niemand erinnert sich mehr an den Oberst Aureliano Buendía.

P. A. M.: Und die zweiunddreißig verlorenen Kriege des Obersts könnten ein Ausdruck unserer politischen Enttäuschungen sein. Wo wir gerade dabei sind, was wäre passiert, wenn Oberst Aureliano Buendía sie gewonnen hätte?

G. G. M.: Er wäre dem Patriarchen ungeheuer ähnlich gewesen. An einem bestimmten Punkt habe ich beim Schreiben des Romans die Versuchung verspürt, den Oberst die Macht übernehmen zu lassen. Wäre das passiert, hätte ich statt *Hundert Jahre Einsamkeit* den *Herbst des Patriarchen* geschrieben.

P. A. M.: Müssen wir denn davon ausgehen, daß unser historisches Schicksal so verhängnisvoll gefügt ist, daß wer gegen den Despotismus kämpft, leicht Gefahr läuft, selbst zum Despoten zu werden, wenn er erst einmal an die Macht kommt?

G. G. M.: In *Hundert Jahre* ... sagt ein zum Tode Verurteilter zu Oberst Aureliano Buendía: »Mich beschäftigt, daß dadurch, daß du die Militärs so intensiv haßt, sie so intensiv bekämpfst und so intensiv über sie nachdenkst, du ihresgleichen geworden bist.« Und er schließt: »Wenn du so weitermachst, wirst du der despotischste, blutrünstigste Diktator unserer Geschichte.«[44]

P. A. M.: Stimmt es, daß du mit achtzehn Jahren schon versucht hast, genau diesen Roman zu schreiben?

G. G. M.: Ja, er hieß *La casa (Das Haus)*, denn ich dachte, die ganze Geschichte müßte im Inneren des Hauses der Buendías ablaufen.

P. A. M.: Wie weit ist dieser Entwurf gediehen? Sollte die Geschichte damals schon einen Zeitraum von hundert Jahren umfassen?

G. G. M.: Ich habe es nie fertiggebracht, eine zusammenhängende Struktur dafür zu schaffen; es gab nur lose Stücke, von denen einige in den Zeitungen veröffentlicht wurden, für die ich damals arbeitete. Um die Anzahl der Jahre habe ich mich nie gekümmert. Ich bin noch nicht einmal ganz sicher, ob die Geschichte von *Hundert Jahre Einsamkeit* wirklich hundert Jahre dauert.

P. A. M.: Warum hast du damals nicht weitergeschrieben?

G. G. M.: Weil ich weder die Erfahrung noch den langen Atem, noch die technischen Mittel für so ein Werk hatte.

P. A. M.: Aber die Geschichte ist dir weiter durch den Kopf gegangen?

G. G. M.: Noch fünfzehn Jahre lang. Ich fand nur nicht den richtigen Ton, um sie mir selber glaubhaft zu machen. Eines Tages, als ich gerade mit Mercedes und den Kindern nach Acapulco fuhr, hatte ich die Offenbarung: Ich mußte die Geschichte so erzählen, wie meine Großmutter ihre Geschichten erzählt hatte, und von dem Nachmittag ausgehen, an dem der Junge von seinem Vater mitgenommen wird, um das Eis kennenzulernen.

P. A. M.: Eine lineare Geschichte.

G. G. M.: Eine lineare Geschichte, wo mit aller Unschuld das Außergewöhnliche ins Alltägliche eindringt.

P. A. M.: Stimmt es, daß du auf der Straße kehrtgemacht und angefangen hast zu schreiben?

G. G. M.: Es stimmt, ich bin nie nach Acapulco gekommen.

P. A. M.: Und Mercedes?

G. G. M.: Du weißt doch, wie viele solcher Verrücktheiten sie schon mit mir durchgemacht hat. Ohne Mercedes wäre ich nie so weit gekommen, das Buch zu schreiben. Sie übernahm in dieser Situation die Verantwortung. Ich hatte vor Monaten ein Auto gekauft. Das versetzte ich und gab ihr das Geld. Ich rechnete damit, daß uns das ungefähr sechs Monate lang zum Leben reichen würde. Aber ich brauchte anderthalb Jahre, um das Buch zu schreiben. Als das Geld zu Ende war, sagte sie mir nichts davon. Ich weiß nicht, wie sie es fertigbrachte, daß ihr der Metzger das Fleisch anschrieb, der Bäcker das Brot und der Hausbesitzer neun Monate lang stillhielt, bis wir die Miete bezahlten. Sie kümmerte sich um alles, ohne daß ich es merkte, brachte mir sogar in bestimmten Zeitabständen fünfhundert Blatt Papier. Diese fünfhundert Blatt Papier haben nie gefehlt. Als das Buch schließlich fertig war, brachte sie das Manuskript zur Post und schickte es an Editorial Sudamericana.

P. A. M.: Das hat sie mir einmal erzählt; sie brachte das Manuskript zur Post und dachte: »Wenn sich jetzt nach alledem herausstellt, daß der Roman schlecht ist?« Ich glaube, sie hatte ihn nicht gelesen, stimmt's?

G. G. M.: Sie mag keine Manuskripte lesen.

P. A. M.: Sie und deine Kinder sind die letzten, die deine Bücher lesen. Sag mal, warst du dir des Erfolges von *Hundert Jahre Einsamkeit* sicher?

G. G. M.: Ich war sicher, daß es gute Kritiken bekommen, aber nicht, daß es so ein Erfolg in der Öffentlichkeit werden würde. Ich hatte damit gerechnet, daß ungefähr fünftausend Exemplare verkauft würden. (Von meinen früheren Büchern waren bis dahin jeweils nur etwa tausend verkauft worden.) Editorial Sudamericana war etwas optimistischer: Sie rechneten damit, achttausend verkaufen zu können. Dabei wurde die erste Auflage in vierzehn Tagen verkauft, und das in einer einzigen Stadt, Buenos Aires.

P. A. M.: Sprechen wir über das Buch. Woher kommt die Einsamkeit der Buendías?

G. G. M.: Für mich, weil es ihnen an Liebe fehlt. Im Buch wird bemerkt, daß Aureliano mit dem Schweineschwanz in einem ganzen Jahrhundert der einzige Buendía war, der in Liebe gezeugt worden ist.[45] Die Buendías waren nicht zur Liebe fähig, und darin liegt das Geheimnis ihrer Einsamkeit, ihrer Enttäuschung. Die Einsamkeit ist für mich das Gegenteil von Solidarität.

P. A. M.: Ich will dich nicht fragen, was du schon so oft gefragt worden bist: Warum gibt es so viele Aurelianos und so viele José Arcadios, denn das ist eine sehr lateinamerikanische Eigenheit; wir heißen alle so wie unsere Väter oder Großväter, und deine Familie ist sogar auf den Wahnsinnsgedanken gekommen, einen deiner Brüder auch Gabriel zu nennen. Aber ich glaube, es gibt einen Schlüssel, um die Aurelianos und José Arcadios zu unterscheiden. Welcher ist das?

G. G. M.: Es ist ganz einfach: Die José Arcadios setzen die Sippe fort, die Aurelianos nicht, mit der einzigen Ausnahme von José Arcadio Segundo und Aureliano Segundo; vielleicht, weil sie als Zwillinge genau gleich waren und in ihrer Kindheit verwechselt worden sind.

P. A. M.: In dem Buch gehen die Verrücktheiten auf das Konto der Männer (Erfindungen, Alchimie, Kriege, ausschweifende Gelage), und die Besonnenheit geht auf das

Konto der Frauen. Entspricht das deiner Vorstellung von den Geschlechtern?

G. G. M.: Ich glaube, die Frauen halten die Welt in der Schwebe, damit sie nicht auseinanderfällt, während die Männer versuchen, die Geschichte voranzutreiben. Am Schluß fragt man sich, welches von beidem das weniger Vernünftige ist.

P. A. M.: Die Frauen sichern anscheinend nicht nur den Fortbestand der Sippe, sondern auch den des Romans. Ist das vielleicht das Geheimnis der außerordentlichen Langlebigkeit von Ursula Iguarán?

G. G. M.: Ja, sie hätte vor dem Bürgerkrieg, als sie fast hundert Jahre alt war, sterben müssen. Aber mir war klar, wenn sie stirbt, bricht das Buch zusammen. Nachher bei ihrem Tod hatte das Buch dann noch so viel Dampf, daß es nicht mehr darauf ankam, was passierte.

P. A. M.: Welche Rolle spielt Petra Cotes in dem Buch?

G. G. M.: Bei oberflächlicher Betrachtung könnte die Vermutung aufkommen, sie wäre nur der Gegenpol von Fernanda. Das heißt, eine Frau aus der Karibik, ohne die moralischen Vorurteile der Frauen vom Andenhochland. Aber ich glaube eher, ihre Persönlichkeit hat viel mit der von Ursula zu tun, nur einer Ursula mit einem noch viel härteren Sinn für die Realität.

P. A. M.: Ich vermute, es gibt Figuren, die einen anderen Weg einschlagen, als du für sie beim Schreiben des Romans vorgesehen hattest. Könntest du ein Beispiel nennen?

G. G. M.: Ja, eine von ihnen ist z. B. Santa Sofía von der Frömmigkeit. In dem Roman sollte sie, wie es in Wirklichkeit auch geschehen ist, ohne sich von irgend jemandem zu verabschieden, das Haus verlassen, als sie entdeckte, daß sie Lepra hatte. Obwohl ihr ganzer Charakter auf Entsagung und Opferbereitschaft aufgebaut war und diese Lösung nahelegte, mußte ich das ändern. Es wäre zu grausam gewesen.[46]

P. A. M.: Gibt es irgendeine Person, die dir völlig aus der Hand geglitten ist?
G. G. M.: Drei sind mir so weit entglitten, daß ihr Charakter und ihr Schicksal nicht so ausfielen, wie ich es wollte: Aureliano José, dessen ungeheure Leidenschaft für seine Tante Amaranta mich überraschte, José Arcadio Segundo, der nie Führer der Bananengewerkschaft wurde, wie ich es gewollt hatte, und José Arcadio, der Papstlehrling, der sich in eine Art dekadenten Adonis verwandelte und dem übrigen Buch etwas fremd gegenübersteht.
P. A. M.: Für uns, die wir ein paar Schlüssel zu dem Buch besitzen, gibt es einen Moment, in dem Macondo aufhört, dein Dorf zu sein, und sich in eine Stadt, Barranquilla, verwandelt. Du hast am Ende Personen und Orte eingesetzt, die du von dorther kanntest. Hat dich dieser Wechsel vor irgendwelche Probleme gestellt?
G. G. M.: Macondo ist nicht so sehr ein Ort wie ein Gemütszustand. Schwierig war damals nicht, von der Szenerie eines Dorfes in die einer Stadt überzuwechseln, sondern vom einen zum anderen zu kommen, ohne daß die Veränderung von Erinnerungen, Sehnsüchten und Hoffnungen auffiel.
P. A. M.: Was war für dich der schwierigste Moment bei diesem Roman?
G. G. M.: Der Anfang. Ich erinnere mich noch sehr gut an den Tag, an dem ich mit großen Schwierigkeiten den ersten Satz zu Ende gebracht hatte und mich entsetzt fragte, was, zum Teufel, danach kommen sollte. Bis zum Fund der Galeone mitten im Urwald[47] konnte ich nicht daran glauben, daß dieses Buch irgendwohin führen würde. Von da an aber war alles wie ein Rausch und außerdem sehr lustig.
P. A. M.: Erinnerst du dich noch an den Tag, an dem du fertig geworden bist? Um wieviel Uhr war es? Wie war dir zumute?
G. G. M.: Ich hatte achtzehn Monate lang geschrieben, jeden Tag von neun Uhr morgens bis drei Uhr nachmittags. Ich

wußte natürlich, daß dies der letzte Arbeitstag sein würde, aber das Buch kam gegen elf Uhr morgens ganz unpassend zu seinem natürlichen Ende. Mercedes war nicht zu Hause, und ich erreichte niemanden am Telefon, dem ich es hätte erzählen können. Ich erinnere mich noch an meine Verwirrung, als wäre es gestern: Ich wußte nicht, was ich mit der Zeit, die ich übrig hatte, anfangen sollte, und versuchte, etwas zu finden, um damit bis drei Uhr nachmittags überleben zu können.

P. A. M.: Es muß doch noch einen grundsätzlichen Aspekt des Buches geben, den die Kritiker (diese Kritiker, denen gegenüber du solche Aversionen hast) übergangen haben. Welcher wäre das?

G. G. M.: Seine offensichtlichste Stärke: das grenzenlose Mitgefühl des Autors für all seine armen Geschöpfe.

P. A. M.: Wer ist für dich der beste Leser des Buches gewesen?

G. G. M.: Eine sowjetische Freundin von mir hat eine Frau kennengelernt, die, schon hoch betagt, dabei war, das ganze Buch mit der Hand abzuschreiben, was sie sicher bis zum Ende durchgehalten hat.

Meine Freundin fragte sie, warum sie das machte, und die Frau antwortete: »Weil ich wissen möchte, wer hier wirklich verrückt ist, der Autor oder ich, und ich glaube, die einzige Art, es herauszukriegen, ist, das Buch noch einmal zu schreiben.« Ich kann mir kaum einen besseren Leser vorstellen als diese Frau.

P. A. M.: In wie viele Sprachen ist das Buch übersetzt worden?

G. G. M.: In siebzehn.

P. A. M.: Es heißt, die englische Übersetzung sei hervorragend.[48]

G. G. M.: Ja, ganz hervorragend. Die Sprache gewinnt an Kraft, wenn sie im Englischen komprimiert.

P. A. M.: Und die anderen Übersetzungen?

G. G. M.: Ich habe viel mit dem italienischen[49] und dem französischen Übersetzer[50] gearbeitet. Beide Übersetzungen sind gut; trotzdem fühle ich das Buch nicht auf französisch.

P. A. M.: In Frankreich ist es weniger verkauft worden als in England oder Italien, ganz zu schweigen von den spanischsprachigen Ländern, wo der Erfolg ja außergewöhnlich groß war. Worauf führst du das zurück?

G. G. M.: Vielleicht auf den Kartesianismus. Rabelais' Verrücktheiten sind mir viel näher als Descartes' Strenge. In Frankreich hat sich Descartes durchgesetzt. Vielleicht hat das Buch deshalb, trotz sehr guter Kritiken, in Frankreich nicht so viel Popularität erlangt wie in anderen Ländern. Rossana Rossanda hat mich vor kurzer Zeit darauf hingewiesen, daß das Buch 1968 in Frankreich veröffentlicht wurde, einem Jahr, in dem die sozialen Bedingungen nicht sonderlich günstig waren.

P. A. M.: Hat dich der Erfolg von *Hundert Jahre Einsamkeit* sehr beunruhigt?

G. G. M.: Ja, sehr.

P. A. M.: Und hat dich das Geheimnis dieses Erfolges nicht interessiert?

G. G. M.: Nein, ich will es nicht wissen. Ich glaube, es wäre gefährlich, wenn ich feststellen würde, warum sich ein Buch, das ich nur in Gedanken an einige wenige Freunde geschrieben habe, in aller Welt wie warme Semmeln verkauft.

Der Herbst des Patriarchen

P. A. M.: Erinnerst du dich noch an das Flugzeug?
G. G. M.: Welches Flugzeug?
P. A. M.: Das Flugzeug, das wir am 23. Januar 1958 um zwei Uhr morgens über Caracas fliegen hörten. Ich glaube, wir haben es beide vom Balkon der Wohnung im Stadtteil San Bernardino aus gesehen: zwei rote Lichter, die sich im dunklen Himmel in geringer Höhe über einer Stadt fortbewegten, die wegen der Ausgangssperre menschenleer war, aber nicht schlief, denn sie erwartete jeden Moment den Sturz des Diktators.
G. G. M.: Das Flugzeug, mit dem Pérez Jiménez geflohen ist.
P. A. M.: Ja, das Flugzeug, mit dem in Venezuela eine achtjährige Diktatur zu Ende ging. Erlaub mir, mich an den Leser zu wenden, um ihm von diesem Moment zu erzählen. Es ist wichtig, denn damals kamst du auf den Gedanken, einen Roman über den Diktator zu schreiben: jenen Roman, aus dem siebzehn Jahre später nach zwei verworfenen Fassungen *Der Herbst des Patriarchen* werden sollte.
An Bord des Flugzeuges saß der Diktator mit seiner Frau, seinen Töchtern, seinen Ministern und seinen engsten Freunden. Sein Gesicht war gerötet von einer Neuralgie, und er war wütend auf seinen Adjutanten, der bei der überstürzten Flucht unten am Flugzeug, in das sie über eine Strickleiter gestiegen waren, einen Koffer mit elf Millionen Dollar vergessen hatte.
Das Flugzeug gewann an Höhe und entfernte sich schon zum

Meer, zur Karibik hin, als der Radiosprecher die Sendungen mit klassischer Musik, die wir drei Tage lang gehört hatten, unterbrach und den Sturz der Diktatur verkündete. Eins nach dem anderen, wie die Kerzen am Weihnachtsbaum, gingen langsam die Lichter in den Fenstern der Häuser von Caracas an. Der Rausch begann später, im Dunst und der frischen Luft des Morgens. Hupen, Schreie, Fabriksirenen, Leute, die aus Autos oder auf Lastwagen Fahnen schwenkten. Kurz bevor das Gebäude des Amts für innere Sicherheit brannte, hatte die Menge die politischen Gefangenen auf den Schultern herausgetragen.

Es war das erstemal, daß wir in Lateinamerika den Sturz eines Diktators erlebten.

Als Redakteure einer Wochenzeitung durchlebten García Márquez und ich von diesem Moment an sehr spannende Tage. Wir besuchten die Heiligtümer der Macht: das Verteidigungsministerium, eine Art Festung, in deren Fluren auf Schildern zu lesen stand: »Was Sie hier hören und sehen, bleibt hier«, und Miraflores, den Präsidentenpalast.

In diesem alten Haus im Kolonialstil mit einem Springbrunnen in der Mitte des Patios und ringsherum traurigen Blumen traf García Márquez einen alten Hausdiener, der dort seit den fernen Zeiten von Juan Vicente Gómez, dem früheren Diktator, in Diensten stand. Gómez war ein alter Patriarch ländlicher Herkunft mit Tatarenaugen und -schnurrbart. Er war friedlich in seinem Bett gestorben, nachdem er sein Land mit eiserner Hand fast dreißig Jahre regiert hatte. Der Diener erinnerte sich noch an den General; die Hängematte, in der er seinen Mittagsschlaf hielt, den Kampfhahn, den er besonders mochte ...

Kamst du, nachdem du mit ihm gesprochen hattest, auf den Gedanken, den Roman zu schreiben?

G. G. M.: Nein, erst an dem Tag, an dem die Regierungsjunta dort in Miraflores zusammentrat. Zwei oder drei Tage nach dem Sturz von Pérez Jiménez, weißt du noch? Irgend etwas sollte passieren, wir Journalisten und Fotografen warteten im Vorzimmer des Präsidenten. Es war fast vier Uhr morgens, als die Tür aufging und wir einen Offizier im Kampfanzug mit schmutzigen Stiefeln und einer Maschinenpistole in der Hand rückwärts herauskommen sahen. Er schob sich zwischen den Journalisten durch ...

P. A. M.: Immer noch rückwärts ...

G. G. M.: Er ging rückwärts mit seiner Maschinenpistole im Anschlag und beschmutzte den Teppich mit dem Dreck an seinen Stiefeln. Er stieg die Treppe hinunter, nahm sich ein Auto, das ihn zum Flugplatz brachte, und ging ins Exil. Genau in dem Augenblick, als der Offizier aus dem Zimmer kam, wo die endgültige Zusammensetzung der neuen Regierung diskutiert wurde, erfaßte ich intuitiv, was Macht ist, das Geheimnis der Macht.

P. A. M.: Als wir ein paar Tage später zusammen in einem Auto zur Redaktion, in der wir arbeiteten, fuhren, sagtest du: »Der Roman über den lateinamerikanischen Diktator ist bis jetzt noch nicht geschrieben worden.« Denn darin waren wir uns einig: *Der Herr Präsident* von Asturias war es nicht, den hielten wir für ganz schlecht.

G. G. M.: Ja, er ist schlecht.

P. A. M.: Dann, erinnere ich mich, fingst du an, dich mit Biographien von Diktatoren zu beschäftigen. Du warst begeistert. Die lateinamerikanischen Diktatoren waren wie ein Rausch. Jeden Abend zur Essenszeit erzähltest du eine von den Geschichten, die du in den Büchern gefunden hattest. Welcher Diktator ließ die schwarzen Hunde totschlagen?

G. G. M.: Duvalier. Der Doktor Duvalier aus Haiti, »Papa Doc«. Er ließ alle schwarzen Hunde im Land ausrotten, denn einer seiner Feinde hatte sich, um nicht verhaftet und ermordet zu werden, in einen Hund verwandelt. Einen schwarzen Hund.

P. A. M.: Und der Doktor Francia aus Paraguay befahl, jeder Mann über einundzwanzig müßte heiraten, nicht?

G. G. M.: Ja, und schloß sein Land ab, als wäre es ein Haus und ließ nur noch ein Fenster offen, damit die Post hereinkommen konnte.
Der Doktor Francia war sehr merkwürdig. Er genoß als Philosoph so viel Prestige, daß Carlyle ihm eine Studie widmete.[51]
P. A. M.: War er Theosoph?
G. G. M.: Nein, Theosoph war Maximiliano Hernández Martínez aus El Salvador, der die ganze Straßenbeleuchtung im Land mit rotem Papier umwickeln ließ, um eine Masernepidemie zu bekämpfen. Hernández Martínez hatte ein Pendel erfunden, das er vor dem Essen über die Speisen hängte, um festzustellen, ob sie vergiftet waren.
P. A. M.: Und Gómez, Juan Vicente Gómez in Venezuela?
G. G. M.: Gómez hatte so außergewöhnliche Intuitionen, daß man fast schon glauben konnte, er ahne die Zukunft voraus.
P. A. M.: Er ließ seinen Tod verkünden und ist wie der Patriarch in deinem Buch wiederauferstanden. Da wir gerade dabei sind: Wenn ich *Der Herbst des Patriarchen* lese, stelle ich ihn mir charakterlich und im Äußeren wie Juan Vicente Gómez vor. Vielleicht ist das nicht nur ein rein persönlicher Eindruck. Hattest du nicht Gómez im Kopf, als du das Buch schriebst?
G. G. M.: Mein Bestreben war immer, eine Synthese aller lateinamerikanischen Diktatoren und besonders der aus der Karibik zu schaffen. Die Persönlichkeit von Juan Vicente Gómez war jedoch so imposant und übte außerdem eine so starke Faszination auf mich aus, daß der Patriarch zweifellos von ihm viel mehr hat als von irgendeinem anderen. Auf jeden Fall ist das Bild, das mir von beiden jeweils vor Augen steht, dasselbe. Was natürlich nicht heißen soll, daß er die Person des Buches ist; sie ist vielmehr eine Idealisierung seines Bildes.
P. A. M.: Im Verlauf deiner Lektüre hast du entdeckt, daß die

Diktatoren viele Gemeinsamkeiten hatten. Stimmt es zum Beispiel, daß sie immer Kinder von Witwen waren?[52] Wie würdest du diese Besonderheit erklären?

G. G. M.: Meines Erachtens hat sich herausgestellt, daß bei ihnen vor allem das Mutterbild ihr Leben bestimmt hat; dagegen waren sie immer in gewisser Weise vaterlos. Ich beziehe mich dabei natürlich nur auf die größten. Nicht auf die wenigen, die alles schon fertig vorgefunden und die Macht geerbt haben. Die sind anders und haben keinerlei literarischen Wert.

P. A. M.: Du hast gesagt, all deine Bücher hätten als Ausgangspunkt eine bildhafte Vorstellung. Was war das Bild bei *Der Herbst des Patriarchen*?

G. G. M.: Das Bild eines alten, unbegreiflich alten Diktators, der allein in einem Palast voller Kühe übriggeblieben ist.

P. A. M.: Irgendwann hast du mir gesagt oder geschrieben, das Buch beginne mit einem ganz alten Diktator, dem in einem Stadion der Prozeß gemacht wird. (Das Bild war, glaube ich, vom Prozeß gegen Sosa Blanco, einem Batista-Offizier in Havanna, inspiriert, ein Prozeß, an dem wir beide kurz nach dem Sieg der Revolution teilgenommen haben.) Ich glaube, du hast das Buch zweimal angefangen und wieder aufgegeben. Wie kam das?

G. G. M.: Wie bei allen meinen Büchern hatte ich Schwierigkeiten mit der Struktur. Ich fange nie an, wenn ich das Problem nicht gelöst habe. Damals, an jenem Abend in Havanna, als Sosa Blanco verurteilt wurde, fand ich, die brauchbarste Konstruktion wäre ein langer Monolog des alten, zum Tode verurteilten Diktators. Aber nein: Zunächst war das unhistorisch; solche Diktatoren starben entweder an Altersschwäche im Bett oder sie wurden umgebracht oder sie flohen. Aber sie wurden nicht hingerichtet. Zweitens wäre ich durch den Monolog ausschließlich auf den Gesichtswinkel des Diktators und auf seine eigene Sprache beschränkt worden.

P. A. M.: Ich weiß, du hattest schon ziemlich lange an *Der*

Herbst des Patriarchen gearbeitet, als du ihn unterbrachst, um *Hundert Jahre Einsamkeit* zu schreiben. Warum hast du das gemacht? Es kommt nicht oft vor, daß man ein Buch unterbricht, um ein anderes zu schreiben.

G. G. M.: Die Unterbrechung kam daher, daß ich am *Herbst* ... schrieb, ohne genau zu wissen, wie er werden würde, und infolgedessen brachte ich es nicht fertig, bis zum Grund vorzudringen. Und *Hundert Jahre* ..., ein älteres, oft versuchtes Projekt, hatte ich plötzlich wieder unterbrochen, weil noch ein einziger Punkt ungelöst war: der Ton. Auf jeden Fall war es nicht das erstemal, daß mir so etwas passierte. Auch *Die böse Stunde* hatte ich 1955 in Paris unterbrochen, um *Der Oberst* ... zu schreiben, das heißt, ein anderes Buch, das darin verschränkt lag und mich nicht weiterkommen ließ.

Als Schriftsteller mache ich es genauso wie als Leser: Wenn ein Buch mich nicht mehr interessiert, lege ich es beiseite. In beiden Fällen gibt es immer einen besseren Moment, um mich ihm zu stellen.

P. A. M.: Wenn du dein Buch mit einem einzigen Satz definieren solltest, wie würdest du es bezeichnen?

G. G. M.: Als Gedicht über die Einsamkeit der Macht.

P. A. M.: Warum hast du so lange gebraucht, um es zu schreiben?

G. G. M.: Weil ich es so geschrieben habe, wie man ein Gedicht schreibt, Wort für Wort. Am Anfang habe ich wochenlang kaum eine Zeile geschrieben.

P. A. M.: Bei diesem Buch hast du dir alle Arten von Freiheiten erlaubt: mit der Syntax, mit der Zeit, vielleicht auch mit der Geographie, und manche Leute behaupten, auch mit der Geschichte. Um von der Syntax zu sprechen: Es gibt viele, lange Abschnitte ohne Punkt und solche ohne Punkt und Komma, in denen verschiedene Erzählperspektiven vorkommen und ineinandergreifen. Bei dir ist so etwas nie zufällig. Welchen tiefen Gesetzen des Buches entspricht dieser Gebrauch der Sprache?

G. G. M.: Stell dir das Buch mit einer linearen Struktur vor; es würde nie enden und wäre langweiliger, als es so ist. Seine spiralförmige Struktur dagegen erlaubt, die Zeit zusammenzudrängen und viel mehr Dinge zu erzählen, so als wenn sie in einer Kapsel steckten. Der vielfache Monolog erlaubt es auf der anderen Seite zahlreichen Stimmen, sich einzumischen, ohne sich zu identifizieren, wie es in der Geschichte und bei diesen Massenverschwörungen in der Karibik, die ständig voller offener Geheimnisse sind, wirklich passiert. Von meinen Büchern ist dies das experimentellste und interessiert mich als poetisches Abenteuer am meisten.

P. A. M.: Du hast dir auch Freiheiten mit der Zeit genommen.

G. G. M.: Viele. Du weißt ja, es gibt einen Tag, an dem der Diktator am Morgen feststellt, daß alle Leute bunte Mützen tragen. Sie sagen zu ihm, eine Reihe ganz merkwürdiger Leute ...

P. A. M.: ... angezogen wie Kreuzbube ...

G. G. M.: ... angezogen wie Kreuzbube, würden alles gegen bunte Mützen eintauschen (Leguaneier, Kaimanhäute, Tabak und Schokolade). Der Diktator öffnet ein Fenster, das zum Meer hinausgeht, und sieht auf dem Meer neben dem Kreuzer, den die *Marines* zurückgelassen haben, die drei Karavellen von Christoph Columbus.[53]

Wie du siehst, handelt es sich um zwei historische Tatsachen (die Ankunft von Columbus und die Landung der *Marines*), die ohne jede Rücksicht auf ihre historische Abfolge nebeneinandergestellt sind. Ganz bewußt habe ich mir alle denkbaren Freiheiten mit der Zeit erlaubt.

P. A. M.: Und mit der Geographie?

G. G. M.: Auch. Zweifellos ist das Land des Diktators ein Land der Karibik. Aber es ist eine Mischung aus spanischer und englischer Karibik. Du weißt, ich kenne die Karibik Insel für Insel, Stadt für Stadt. Ich habe alles genommen, vor allem die Orte, wo ich gelebt habe. Das Bordell, in dem ich in Barranquilla gewohnt habe, das Cartagena meiner Studienzeit, die Hafenkneipen, in denen ich essen ging, wenn ich um vier Uhr morgens aus der Zeitung kam, und sogar die Kähne, die im Morgengrauen mit Nutten beladen nach Aruba und Curaçao fuhren.[54] Da kommen Straßen vor, die aussehen wie die Calle del Comercio in Panama, Ecken aus der Altstadt von Havanna, aus San Juan oder La Guaira. Aber auch Orte, die zu den englischen Antillen mit ihren Indern, Chinesen und Holländern gehören.

P. A. M.: Es gibt Leute, die behaupten, in deinem Diktator vereinigten sich zwei verschiedene historische Persönlichkeiten: der Caudillo ländlicher Herkunft, wie Gómez, der aus dem Chaos und der Anarchie unserer Bürgerkriege hervorgeht und in einem bestimmten Augenblick den Wunsch nach Ordnung und nationaler Einheit verkörpert, und der Diktator im Stil Somozas oder Trujillos, das heißt, seiner Herkunft nach ein finsterer Offizier von niedrigem Rang, ohne jedes Charisma, eingesetzt von den nordamerikanischen *Marines*. Was meinst du dazu?

G. G. M.: Mehr als die Spekulationen der Kritiker hat mich überrascht (und gefreut), was mein großer Freund, General Omar Torrijos, achtundvierzig Stunden vor seinem Tod dazu gesagt hat: »Dein bestes Buch ist *Der Herbst des Patriarchen*, wir alle sind so, wie du schreibst.«

P. A. M.: Durch ein merkwürdiges Zusammentreffen sind fast gleichzeitig mit *Der Herbst des Patriarchen* noch andere Romane von lateinamerikanischen Schriftstellern über dasselbe Thema, den Diktator, erschienen. Ich denke an *Staatsraison* von Alejo Carpentier, an *Ich, der Allmächtige* von Roa Bastos und an *Oficio de difuntos (Totenamt)*[55] von Arturo Uslar Pietri. Wie kann man sich das plötzliche Interesse der lateinamerikanischen Schriftsteller über diese Persönlichkeit erklären?

G. G. M.: Ich glaube nicht, daß es ein plötzliches Interesse ist. Das Thema hat es von Anfang an und immer in der latein-

amerikanischen Literatur gegeben, und ich gehe davon aus, daß es auch so bleiben wird. Das ist leicht verständlich, der Diktator ist nämlich die einzige mythologische Figur, die Lateinamerika hervorgebracht hat, und sein historischer Zyklus ist noch längst nicht abgeschlossen.
Aber eigentlich interessierte mich nicht so sehr die Figur des feudalen Diktators an sich, sondern die Möglichkeit, die sie mir gab, über die Macht nachzudenken. Sie ist ein Thema, das in all meinen Büchern immer latent vorhanden war.
P. A. M.: Natürlich. Es gibt schon eine Andeutung davon in *Die böse Stunde* und in *Hundert Jahre Einsamkeit*. Da kommt man nicht umhin, dich zu fragen, warum dich dieses Thema so interessiert.
G. G. M.: Weil ich immer schon geglaubt hatte, daß die absolute Macht die höchste und vielschichtigste Verwirklichung des Menschseins ist und sie deshalb gleichzeitig seine ganze Größe und sein ganzes Elend umfaßt. Lord Acton hat gesagt, »die Macht korrumpiert, und die absolute Macht korrumpiert absolut.« So ein Thema muß einen Schriftsteller doch begeistern.
P. A. M.: Ich glaube, deine erste Annäherung an die Macht war rein literarisch. Gibt es Werke oder Autoren, die für dich etwas dazu beigetragen haben? Welche könnten das sein?
G. G. M.: Ich habe viel von *König Ödipus* und einiges von Plutarch und Sueton gelernt, überhaupt von den Biographen Julius Cäsars.
P. A. M.: Eine Persönlichkeit, die dich fasziniert.
G. G. M.: Nicht nur eine Persönlichkeit, die mich fasziniert, sondern die Persönlichkeit, die ich gern literarisch geschaffen hätte. Da das nicht möglich war, mußte ich mich damit zufriedengeben, einen Diktator aus Stücken von allen Diktatoren, die wir in Lateinamerika hatten, zusammenzuflicken.
P. A. M.: Du hast über *Der Herbst des Patriarchen* ziemlich widersprüchliche Dinge gesagt. Einmal, es wäre von der Sprache her das gemeinverständlichste deiner Bücher, dabei

kommt es einem doch eher so vor, als wäre es besonders barock und äußerst schwierig ...

G. G. M.: Nein, beim Schreiben habe ich eine große Zahl von volkstümlichen Ausdrücken und Redewendungen aus dem ganzen Gebiet der Karibik benutzt. Die Übersetzer werden manchmal verrückt dabei, wenn sie den Sinn von Sätzen erfassen sollen, die Taxifahrer in Barranquilla sofort und lachend verstehen würden. Es ist ein wahnsinnig karibisches Werk, ein Buch von der Küste, ein Luxus, den sich der Autor von *Hundert Jahre Einsamkeit* leistet, und ein Buch, bei dem er sich endlich dazu entschließt, das zu schreiben, was er möchte.

P. A. M.: Du versicherst auch, daß es das Buch ist, in dem du Bekenntnis ablegst, ein Buch voller persönlicher Erfahrungen. Eine verschlüsselte Autobiographie, hast du einmal gesagt.

G. G. M.: Ja, es ist ein Bekenntnis. Das einzige, das ich schon immer schreiben wollte, nur nicht konnte.

P. A. M.: Es kommt einem merkwürdig vor, daß du deine persönlichen Erfahrungen benutzen kannst, um das Schicksal eines Diktators zu rekonstruieren. Hier würde jeder Psychoanalytiker die Ohren spitzen ... Du hast einmal gesagt, die Einsamkeit der Macht ist der Einsamkeit des Schriftstellers ähnlich. Vielleicht hast du dich da eher auf die Einsamkeit des Ruhmes bezogen. Glaubst du nicht, daß du dich durch den Gewinn und den Umgang mit dem Ruhm insgeheim mit deinem Patriarchen solidarisiert hast?

G. G. M.: Ich habe nie gesagt, die Einsamkeit der Macht wäre das gleiche wie die Einsamkeit des Schriftstellers. Einerseits habe ich, wie du selbst sagst, gesagt, daß die Einsamkeit des Ruhmes der Einsamkeit der Macht in vieler Hinsicht ähnlich sei, und andererseits habe ich gesagt, daß es keinen einsameren Beruf gibt als den des Schriftstellers, und zwar in dem Sinne, daß ihm zum Zeitpunkt des Schreibens niemand helfen kann und niemand wissen kann, was er eigentlich machen

will. Nein, man ist allein, absolut einsam vor dem weißen Blatt Papier.
Was die Einsamkeit der Macht und die Einsamkeit des Ruhmes betrifft, so gibt es da keinen Zweifel. Die Strategie, die Macht zu erhalten, ist der, sich vor dem Ruhm zu schützen, letzten Endes ähnlich. Das ist zum Teil der Grund für die Einsamkeit in beiden Fällen. Aber da ist noch mehr: die mangelnde Kommunikationsfähigkeit der Macht und die mangelnde Kommunikationsfähigkeit des Ruhmes erschweren das Problem. Es ist letzten Endes ein Informationsproblem, das beide von der zurückweichenden, sich wandelnden Wirklichkeit isoliert. Die große Frage bei Macht und Ruhm wäre dann dieselbe: »Wem soll man glauben?« Und das müßte, bis zu den Grenzen des Wahnsinns getrieben, einen letzten Endes zu der Frage führen: »Wer, zum Teufel, bin ich eigentlich?« Das Bewußtsein dieser Gefahr, die ich nie kennengelernt hätte, wenn ich nicht ein berühmter Schriftsteller geworden wäre, hat natürlich viel dazu beigetragen, daß ich einen Patriarchen geschaffen habe, der vielleicht nicht einmal mehr seinen Namen weiß. Und es ist unmöglich, in diesem Spiel von Kommen und Gehen, Geben und Nehmen nicht schließlich und endlich mit seiner Figur solidarisch zu werden, mag sie noch so verabscheuungswürdig erscheinen. Und sei es bloß aus Mitgefühl.

Heute

P. A. M.: Natürlich hat er sich verändert; er war Fisch, und heute ist er Stier. Er war schlank, schüchtern und rauchte viele Zigaretten; heute raucht er nicht, hat zehn Kilo zugenommen und macht den Eindruck gediegener Gesetztheit, die überrascht, wenn man ihn früher gekannt hat. Keine Spur mehr von seinem Bohèmeleben als junger Mann, wo er bis zum Morgengrauen im Redaktionssaal, einer Bar oder irgendeinem Zimmer saß. Seine Verabredungen werden von einem strengen Terminkalender überwacht. Dank seiner Frau und Carmen Balcells, seiner literarischen Agentin, gelingt es ihm, sich unauffällig vor denen zu schützen, die interessiert sind, ihn zu sehen: Journalisten, Professoren oder Studenten, die über sein Werk sprechen wollen. Bei ihm ist alles vorausgeplant. Er kann im Januar eine Verabredung für September treffen und sie auch einhalten, was für einen Lateinamerikaner bemerkenswert ist.

Vor *Hundert Jahre Einsamkeit* hatte er das tiefe Bedürfnis, seinen nächsten Freunden häufig Briefe zu schreiben und mit ihnen über alles zu sprechen: Hoffnungen, Widrigkeiten, Beunruhigungen, Launen. »Unter uns gesagt, ich bin zu schüchtern«, »glaub nicht, daß diese Spannung, in der ich lebe, keine Folgen hat« usw. Heute schreibt er aus Prinzip keine Briefe mehr. Er bleibt mit seinen Freunden telefonisch in Kontakt. Sein Tonfall ist sorglos, herzlich und immer ganz karibisch: »Was gibt's, hier Gabo.« Aber er macht keine intimen Geständnisse mehr.

Die Umstände müssen sich schon verschwören (mehrere Gläser Whisky, die Stunde des Morgengrauens), damit eines der Gefühle, die er tief im Herzen hegt, überraschend an die Oberfläche kommt. Vielleicht gelingt es einem dann, in einem Satzfetzen und einem plötzlichen Glänzen der Pupillen bei ihm eine stille Nostalgie oder ein heimliches Bedauern zu ahnen: daß es ihm zum Beispiel als dreißigjährigem Schriftsteller, wie ich ihn damals erlebt habe, mit seinem an beiden Ellenbogen zerrissenem Pullover, gefallen hätte, sich auf ein Abenteuer mit einem dieser schönen, durchgeistigten Mädchen einzulassen, die sich heute dem fünfzigjährigen Schriftsteller nähern, ohne daß er auf sie einginge, um die Ruhe und den geplanten Ablauf seines Lebens nicht zu stören.

Trotz des Klans berühmter Persönlichkeiten, mit denen er heute verkehrt, trotz der Autogramme und der Journalisten verschiedenster Nationalitäten, die ihn interviewen möchten, ist ihm der Ruhm nicht zu Kopf gestiegen. Seinen Freunden gegenüber ist er immer noch derselbe. Sie, die ihn »Gabo« oder »Gabito« (Verkleinerungsform von Gabriel, wie sie an der kolumbianischen Karibikküste üblich ist) nennen, gehen mit ihm genauso um. Besonders jene aus Barranquilla, die sich als gute Kariben von Berühmtheit nicht beeindrucken lassen. Einige sehr nahe Freunde von ihm sind vorzeitig gestorben. Die anderen, dick und mit graumeliertem Haar, behandeln ihn immer noch als den Kollegen, dem sie vor dreißig Jahren die Bücher von Joyce und Faulkner zu lesen gegeben haben.

Gabriel und seine Frau Mercedes bilden ein solides Paar. Gabriel hat sie kennengelernt, als sie ein dreizehnjähriges Mädchen war, fadendünn und mit verschlafenen Augen, die niemals aufgeregt wirkten. Mercedes legt Unglück und erstaunlicherweise auch glücklichen Wendungen im Leben gegenüber eine steinharte Unerschrockenheit an den Tag. Sie beobachtet alles scharf und ruhig, wie ihre ägyptischen Vorfahren (väterlicherseits) vielleicht die Wasser des Nils betrachtet haben. Sie ist aber auch wie die Frauen der Karibik, die in den Romanen von García Márquez mit ihrer weisen Beherrschung der Realität die wirkliche Macht verkörpern, die hinter der Macht steht. Mit den berühmten Persönlichkeiten, die sie durch ihren Mann kennenlernt (mögen sie nun Fidel Castro, Luis Buñuel oder Monica Vitti heißen), spricht Mercedes so natürlich, daß man meinen könnte, ihre Sicherheit rühre von alter Weltgewandtheit her. Das Geheimnis besteht darin, daß sie sich auch weiterhin so durchs Leben bewegt, als wäre sie noch mit ihren Cousinen aus Magangué, einer abgelegenen tropischen Ortschaft, zusammen, wo sie geboren ist.

Die beiden Kinder, Rodrigo und Gonzalo,[56] haben zu ihrem Vater eine ausgezeichnete Beziehung, bei der auf beiden Seiten immer auch Humor mitschwingt. »Na, wo ist der berühmte Schriftsteller?« witzeln sie, wenn sie nach Hause kommen. In den lateinamerikanischen Ländern, wo weder die Reichen Respekt vor den Armen haben noch die Weißen vor den Schwarzen, noch die Väter vor den Söhnen, weist Gabriels Experiment in die entgegengesetzte Richtung; kein billiges autoritäres Auftreten den beiden Söhnen gegenüber, sondern fast von der Wiege an strenge Gleichberechtigung. Das Ergebnis muß man voll akzeptieren: Herren ihrer eigenen Entscheidungen, betrachten die beiden die Menschen und das Leben mit einer glücklichen Mischung aus Intelligenz und Humor.

Gabriel lebt den größten Teil des Jahres in Mexiko. Er hat ein komfortables Haus im Pedregal von San Angel, einem luxuriösen Villenviertel, das ins vulkanische Gestein gebaut ist. Dort leben Expräsidenten, Bankiers und Leute vom Film, die Geld gemacht haben. Hinten in einem Innenhof mit Garten liegt ein separat gebautes Schreibstudio. Dort herrscht das ganze Jahr über dieselbe Temperatur: Hitze, genauso wie in Macondo, auch an Tagen, an denen es draußen regnet oder kalt ist. Seine Arbeitsutensilien bestehen aus einem halben Dutzend Lexika, allen möglichen Enzyklopädien (sogar eine

speziell über Luftfahrt), einem Fotokopierer, einer geräuschlosen elektrischen Schreibmaschine und, immer griffbereit, fünfhundert Blatt Papier.
Er schreibt jetzt nicht mehr nachts wie in den fernen Zeiten seiner Armut. In einem Overall, wie ihn die Flugzeugmechaniker tragen, arbeitet er täglich von neun Uhr morgens bis drei Uhr nachmittags. Es gibt, wie in Spanien, um drei Uhr Mittagessen. Danach hört Gabriel meistens Musik, besonders Kammermusik, aber auch lateinamerikanische Folklore-Musik, einschließlich der alten Boleros von Agustín Lara, die in seiner Generation schon immer nostalgische Gefühle geweckt haben.
Aber er ist nicht als Schriftsteller im Elfenbeinturm eingeschlossen. Obwohl er morgens ganz für sich ist, spürt er am Nachmittag von einer bestimmten Uhrzeit an das Bedürfnis, mit der Welt Kontakt aufzunehmen. Mehrmals pro Woche ißt er abends außer Haus und trinkt mit Maßen. Er ist ein Sklave der Information. Jeden Tag bekommt er per Luftpost Zeitungen aus seinem Heimatland und ist ein begieriger Leser von nordamerikanischen und französischen Zeitschriften. Seine Telefonrechnungen steigen ins Astronomische, denn über alles und jedes spricht er mit seinen Freunden, die an verschiedenen Orten der Welt verstreut leben. Er spricht mit ihnen ohne Eile über die verschiedensten Themen, als hätte er ein Glas Cognac in der Hand und sie säßen ihm gegenüber.
Er reist viel. Außer in Mexiko-Stadt hat er ein Haus in Cuernavaca, eine Wohnung in Bogotá und eine in Paris, die er immer im Herbst bezieht, dreißig Schritte von La Coupole entfernt. Seine Wohnungen haben helle, bequeme, geschmackvoll eingerichtete Räume, in denen es immer einen guten englischen Ledersessel und eine hervorragende HiFi-Anlage gibt. Er kann dorthin fahren, ohne Gepäck mitnehmen zu müssen. In den Regalen stehen Bücher, an den Wänden hängen Bilder. In den Schränken ist Kleidung, und in der Hausbar steht ein guter schottischer Whisky. Wenn er ankommt,

braucht er nur einen gelben Blumenstrauß in eine Vase zu stellen. Das ist ein alter Aberglaube von ihm. Gelbe Blumen bringen Glück.
Ja, er ist so abergläubisch wie die Indios von der Guajira, die Dienstboten in dem Haus, in dem er aufgewachsen ist. Er glaubt daran, daß bestimmte Gegenstände, Situationen oder Personen Unglück bringen (sie haben den bösen Blick, »la pava«, sagt man in Venezuela, »la jettura« in Italien). Das Erstaunlichste ist nur, daß er sich dabei nicht irrt. Die Leute, die für ihn mit einer Aura von Unglück umgeben sind, bringen wirklich Unglück. Außerdem hat Gabriel dieselbe merkwürdige Fähigkeit, die Zukunft vorauszuahnen, wie Oberst Aureliano Buendía. Er kann im voraus spüren, ob ein Gegenstand zu Boden fällt und in Scherben geht.[57] Wenn es dann passiert, der Gegenstand herunterfällt und zerbricht, ist er bestürzt und wird bleich. Er weiß nicht, wie und warum diese Vorahnungen über ihn kommen. »Jetzt passiert gleich irgend etwas«, hat er einmal zu mir gesagt. Es war an einem ersten Januar in Caracas. Wir wollten gerade an den Strand fahren und hatten schon die Handtücher und Badesachen über die Schulter gehängt. Drei Minuten später wurde diese leichtlebige, leuchtende Stadt, in der es seit vielen Jahren keine Unruhen mehr gegeben hatte, von Bombenexplosionen erschüttert: Rebellenflugzeuge hatten den Präsidentenpalast angegriffen, in dem sich der Diktator Pérez Jiménez aufhielt.
Ich glaube, er hat etwas von einem Zauberer. Viele wichtige Entscheidungen in seinem Leben erfolgen in einer Art von Intuition, die er selten mit Vernunftgründen erklären kann. Sicher wäre Descartes kein guter Freund von ihm geworden (Rabelais ja, aber nicht Descartes). Der Kartesianismus ist ihm unbequem wie ein zu enges Jackett. Obwohl er bedeutende Freunde in Frankreich hat, angefangen bei dem französischen Präsidenten François Mitterrand, ist für ihn die Logik, die jeder Franzose schon mit der ersten Babyflasche auf-

nimmt, letzten Endes beschränkt: Er sieht in ihr einen Leisten, über den sich nur ein Teil der Wirklichkeit schlagen läßt.

Abgesehen von seiner alten panischen Angst vor Mikrophonen und Kameras ist das der Grund, warum er dem französischen Fernsehen keine Interviews gibt. Fragen wie: »Was ist für Sie die Literatur« (oder das Leben, der Tod, die Freiheit oder die Liebe), die französische Journalisten, seit ihrer Schulzeit mit abstrakten Konzepten und Analysen vertraut, in tückischer Ruhe loszulassen pflegen, treiben ihm die Haare zu Berge. Sich auf solche Diskussionen einzulassen, ist für ihn ebenso gefährlich, wie über ein Minenfeld zu laufen.

Seine bevorzugte Ausdrucksform dagegen ist die Anekdote. Deshalb ist er Prosaschriftsteller und nicht Essayist. Hier handelt es sich vielleicht um eine geographische und kulturelle Eigenheit: Die Leute aus der Karibik beschreiben die Wirklichkeit in Anekdoten. García Márquez hat sich im Gegensatz zu vielen europäischen Intellektuellen nicht den ideologischen Formulierungen verschrieben. Die wortreiche Rhetorik, die die Kastilier mitgebracht und dem Andenhochland vererbt haben, kommt ihm hohl und lächerlich, wie eine Karikatur vor. Er hat immer schon gefunden, daß seine Freundschaft zu Fidel Castro zum guten Teil von einer besonderen Art, die Realität zu sehen, herrührt, einer Form der Intelligenz und einer Sprache, die zu ihrem gemeinsamen geographischen Raum, der Karibik, gehört.

Freund von Castro, aber kein Freund der russischen Herrscher noch der düsteren Bürokraten, die die kommunistische Welt regieren: mit dem strengen Blick von vielen europäischen Intellektuellen fällt es nicht leicht, García Márquez politisch zu verstehen. Für ihn sind Breschnew und Fidel Castro zwei ganz verschiedene Fälle, auch wenn allgemein anerkannt ist, daß viele Züge des kubanischen Regierungssystems vom sowjetischen Modell inspiriert sind. (Unsere Diskussion darüber ist schon vor langer Zeit an einem toten Punkt angekommen.) Auf jeden Fall hat García Márquez nichts mit einem orthodoxen Kommunisten gemein. Außer seinen engsten Freunden kennen nur wenige die wichtige politische Rolle, die er in der Karibikzone als ehrenamtlicher, inoffizieller Botschafter spielt. Er hat enge Beziehungen zu Vertretern von sozialdemokratischen und fortschrittlich liberalen Strömungen. Auf einem explosiven Kontinent, der zwischen den Alternativen einer reaktionären, militaristischen, proamerikanischen Rechten und einer prosowjetischen, extremen und häufig dogmatischen Linken hin und her gerissen wird, unterstützt er eine andere Form von Demokratie. Das ist vielleicht einer der Gründe seiner Sympathie für Mitterrand. Natürlich ist er der lateinamerikanischen Rechten, die fast immer solidarisch mit den Militärdiktatoren ist, zuwider; sie sieht ihn als gefährlichen Agenten Castros. Warum verteilt er sein Geld nicht unter die Armen? – fragen zornig seine Feinde, die zwischen Marx und Franz von Assisi nicht groß unterscheiden. Es ärgert sie, daß er sich bürgerlichen Luxus gönnt: Kaviar, Austern, guten Champagner, Luxushotels, gut geschnittene Kleider, nagelneue Autos. Er gibt sein Geld tatsächlich mit vollen Händen aus, Geld, das er sich allein mit seiner Schreibmaschine verdient hat, ohne irgend jemand auszubeuten.

Viele sind überrascht, wenn sie ihn sagen hören, *Der Herbst des Patriarchen* sei das autobiographischste seiner Bücher. Ich glaube, es ist es auf einer bestimmten, ganz heimlichen Ebene tatsächlich. Er hat sich den Ruhm nicht gesucht wie sein Diktator die Macht. Der Ruhm ist unversehens über ihn gekommen, mit seinen Freuden, aber auch mit seinem schweren Tribut. Nichts von dem, was García Márquez heute macht, sagt oder schreibt, kann noch die unbeschwerte Spontaneität aus früheren Zeiten haben. Der Ruhm muß genauso verwaltet werden wie die Macht. Er ist eine Form der Macht und erfordert Wachsamkeit und keine allzugroße Vertrauensseligkeit. Sicher gibt es Dinge, die er heute nur zu sich selbst

sagen kann. Was in Zeiten seiner Jugend und Armut Dialog sein konnte, ist heute Monolog.
Das Thema seines ganzen Werkes ist nicht willkürlich gewählt. Es ist aus seinem eigenen Leben erwachsen. Als verlassenes Kind im riesigen Haus seiner Großeltern in Aracataca, als armer Student, der die traurigen Sonntage in einer Straßenbahn totschlägt, als junger Schriftsteller, der in Stundenhotels in Barranquilla übernachtet, heute als weltbekannter Autor hat ihn das Gespenst der Einsamkeit immer verfolgt. Es steht noch neben ihm, sogar an den Abenden in La Coupole, mag er noch so berühmt und von Freunden umgeben sein. Er hat die zweiunddreißig Kriege gewonnen, die Oberst Aureliano Buendía verlor. Aber das Schicksal, das das Geschlecht der Buendías für immer gezeichnet hat, ist unweigerlich auch sein eigenes.

Politik

P. A. M.: Ich möchte deine politische Vorgeschichte in Erinnerung rufen, wenn du damit einverstanden bist. Dein Vater ist konservativ. Auch wenn man in Kolumbien allgemein sagt, daß es vom Vater abhängt, ob man liberal oder konservativ wird, hat dein Vater offenbar deine politische Entwicklung überhaupt nicht beeinflußt, denn du warst schon von Jugend auf links. Ist diese politische Position eine Reaktion auf deine Familie?

G. G. M.: Nein, es ist keine Reaktion auf meine Familie. Bedenke doch, daß, obwohl mein Vater konservativ war, mein Großvater, der Oberst, liberal war und einer von den Liberalen, die mit der Waffe in der Hand gegen die konservativen Regierungen gekämpft haben. Möglicherweise hat meine politische Entwicklung bei ihm angefangen, weil er mir anstelle von Märchen immer die entsetzlichsten Geschichten aus unserem letzten Bürgerkrieg erzählt hat, einem Krieg, den Freidenker und Antiklerikale gegen die konservative Regierung geführt haben. Mein Großvater hat mir auch von dem Massaker an den Bananenarbeitern erzählt, das in der Gegend stattgefunden hat, wo ich geboren bin. Wie du siehst, stand ich durch den Einfluß der Familie dem Widerstand näher als der überkommenen Ordnung.

P. A. M.: Weißt du noch, wann und wo du die ersten politischen Texte gelesen hast?

G. G. M.: Auf dem Gymnasium in Zipaquirá, wo ich zur Schule gegangen bin, waren lauter Lehrer, die während der Regierungszeit des Präsidenten Alfonso López, des älteren, der ein Linker war, am Lehrerseminar von einem Marxisten ausgebildet worden waren. In diesem Gymnasium unterrichtete uns der Mathematiklehrer während der Pause in historischem Materialismus, der Chemielehrer lieh uns Bücher von Lenin, und der Geschichtslehrer sprach mit uns über Klassenkampf. Als ich aus diesem eiskalten Verlies herauskam, wußte ich noch nicht einmal, wo Norden und Süden ist, besaß aber schon zwei tiefe Überzeugungen: daß gute Romane eine poetische Umsetzung der Wirklichkeit sein müssen und daß die nächste Zukunft der Menschheit der Sozialismus ist.

P. A. M.: Bist du irgendwann einmal in der Kommunistischen Partei gewesen?

G. G. M.: Mit zweiundzwanzig Jahren habe ich kurze Zeit einer Zelle angehört; ich erinnere mich nicht, dort irgend etwas Interessantes gemacht zu haben. Ich war kein richtiges Mitglied, sondern Sympathisant. Seit damals habe ich zu den Kommunisten eine äußerst wechselhafte und manchmal konfliktreiche Beziehung, denn immer, wenn ihnen mein Verhalten nicht paßt, fallen sie in ihren Zeitungen mit Knüppeln über mich her. Aber auch in den schlimmsten Fällen habe ich nie gegen sie Stellung genommen.

P. A. M.: 1957 sind wir zusammen nach Ost-Deutschland gereist. Trotz aller Hoffnungen, die wir in den Sozialismus setzten, war unser Eindruck finster. Hat diese Reise deine politischen Überzeugungen nicht beeinflußt?

G. G. M.: Wie du dich vielleicht erinnerst, habe ich meine Eindrücke von dieser Reise, die für meine politische Entwicklung ganz entscheidend war, in einer Artikelserie festgehalten, die damals in einer Zeitschrift in Bogotá erschien und mehr als zwanzig Jahre später gesammelt in einem Raubdruck herauskam. Ich war da der Meinung, hinter der Veröffentlichung stünde weniger journalistisches oder politisches Interesse, als vielmehr der Wunsch, scheinbare Widersprüche in meiner persönlichen Entwicklung aufzuzeigen.

P. A. M.: Hat es denn nicht solche Widersprüche gegeben?

G. G. M.: Nein, die hat es nicht gegeben. Ich habe das Buch legalisieren und in mein Gesamtwerk aufnehmen lassen, das in Kolumbien in billigen Ausgaben an jeder Straßenecke verkauft wird. Ich habe keinen einzigen Buchstaben geändert. Ich glaube sogar, Ursprung und Erklärung der polnischen Krise von 1980 ist in diesen Artikeln dargelegt, von denen die Dogmatiker damals, vor vierundzwanzig Jahren, sagten, sie wären von den USA bezahlt. Witzig daran ist, daß diese Dogmatiker heute in den Sesseln bourgeoiser Macht und Finanzen sitzen, während der Verlauf der Geschichte mir mit der Zeit Recht gibt.

P. A. M.: Wie fandest du die sogenannten Volksdemokratien?

G. G. M.: Der zentrale Gedanke in diesen Artikeln ist, daß es in den sogenannten Volksdemokratien keinen authentischen Sozialismus gegeben hat, noch ihn auf diesem Weg je geben wird, weil das herrschende System nicht auf den besonderen Bedingungen des jeweiligen Landes beruht. Es war ein System, das ihnen die Sowjetunion von außen aufgezwungen hatte, indem sie sich der lokalen, dogmatischen, einfallslosen Kommunistischen Parteien bediente, die auf nichts Besseres kamen, als das sowjetische Schema mit Gewalt einer Wirklichkeit überzustülpen, auf die es nicht paßte.

P. A. M.: Um zu einer anderen gemeinsamen Erfahrung zu kommen: Kuba. Wir haben bei einer kubanischen Agentur, *Prensa Latina*, gearbeitet. Du bist mit mir zurückgetreten, als die alte Kommunistische Partei allmählich immer mehr Organe der Revolution unter ihre Kontrolle brachte. Glaubst du, daß diese Entscheidung von uns damals richtig war, oder glaubst du, daß es sich nur um einen einfachen Verkehrsunfall gehandelt hat, den wir nur nicht als solchen einzuschätzen vermochten?

G. G. M.: Ich glaube, unsere Entscheidung damals bei *Prensa Latina* war richtig. Wären wir mit unserer Art zu denken, dort geblieben, hätten sie sich schließlich geschickt aus der Affäre gezogen und uns mit irgendeinem dieser Etiketten versehen, die dir die Dogmatiker damals auf die Stirn klebten: Konterrevolutionäre, Lakaien des Imperialismus und so was alles. Ich habe mich allerdings, wie du dich erinnerst, schweigend zurückgezogen, um an meinen Büchern weiterzuschreiben, zu versuchen, in Mexiko Drehbücher zu machen und die Entwicklungen in Kuba bis ins einzelne aufmerksam zu beobachten. Meiner Meinung nach hat sich diese Revolution nach großen Anfangsstürmen auf einem schwierigen Gebiet zurechtgefunden, das zwar manchmal widerspruchsvoll ist, aber gute Möglichkeiten für eine gerechtere, demokratischere und uns gemäßere soziale Ordnung bietet.

P. A. M.: Bist du dir da sicher? Dieselben Gründe haben dieselben Folgen. Wenn Kuba das sowjetische System als Modell nimmt (Einheitspartei, demokratischer Zentralismus, Sicherheitsorgane, die die Bevölkerung eisern im Griff haben, von oben manipulierte Gewerkschaften), dann muß man doch glauben, daß diese »gerechtere und demokratischere Ordnung« genauso fragwürdig ist wie in der Sowjetunion. Hast du nicht auch solche Befürchtungen?

G. G. M.: Die Problematik einer solchen Analyse liegt im Ausgangspunkt: Ihr begründet eure Analyse damit, daß Kuba ein Satellit der Sowjetunion ist, und ich glaube, daß es nicht so ist. Man braucht nur eine Minute mit Fidel Castro zu tun zu haben, um sich darüber klar zu werden, daß er sich von niemandem etwas befehlen läßt. Meines Erachtens lebt die kubanische Revolution seit mehr als zwanzig Jahren in einer Notstandssituation, und daran sind das Unverständnis und die Feindschaft der Vereinigten Staaten schuld, die sich nicht damit abfinden können, daß es dieses Beispiel neunzig Meilen vor Florida gibt. Es ist nicht die Schuld der Sowjetunion, ohne deren Unterstützung es (was auch immer ihre Motive und Zwecke dabei sein mögen) die kubanische Revolution heute nicht mehr geben würde. Solange diese Feindschaft besteht, kann die Situation nur als ein Ausnahmezustand betrachtet werden, der Kuba dazu zwingt, in Verteidigungsbereitschaft und außerhalb seines historischen, geographischen und kulturellen Rahmens zu leben. Wenn sich das alles einmal normalisiert hat, sprechen wir uns wieder.

P. A. M.: Die sowjetische Intervention 1968 in der Tschechoslowakei ist (wenn auch mit gewissen Vorbehalten) von Fidel Castro gebilligt worden. Welche Position hast du dazu vertreten?

G. G. M.: Ich habe öffentlich protestiert und werde das wieder tun, wenn so etwas noch einmal passiert. Der einzige Unterschied zwischen meiner Position und der Fidel Castros (die sich ja nicht immer in allen Punkten decken müssen) ist, daß er am Schluß die sowjetische Intervention gerechtfertigt hat, was ich nie tun würde. Aber die Analyse, die er in seiner Rede von der inneren Situation der Volksdemokratien gegeben hat, war viel kritischer und dramatischer als meine in den Artikeln über die Reise, von der wir eben gesprochen haben. Auf jeden Fall hat die Zukunft Lateinamerikas weder in Ungarn noch in Polen, noch in der Tschechoslowakei auf dem Spiel gestanden, noch steht sie jetzt dort auf dem Spiel, sondern sie entscheidet sich in Lateinamerika. Alles andere ist eine europäische Zwangsvorstellung, von der auch einige deiner politischen Fragen nicht ganz frei sind.

P. A. M.: In den siebziger Jahren habe ich mich zusammen mit einigen anderen deiner Freunde wegen der Verhaftung des kubanischen Dichters Heberto Padilla und seiner berühmten Selbstkritik von dem kubanischen System distanziert. Du nicht. Du hast unser Protesttelegramm nicht unterschrieben, bist weiter nach Kuba gereist und hast dich mit Fidel Castro angefreundet. Welche Gründe haben dich dazu veranlaßt, dem kubanischen System gegenüber eine positivere Haltung einzunehmen?

G. G. M.: Bessere und direktere Informationen und eine politische Reife, die mir ein ernsthafteres, geduldigeres und humaneres Verständnis der Wirklichkeit ermöglicht.

P. A. M.: Viele Schriftsteller in Lateinamerika sprechen wie du vom (marxistisch-leninistischen) Sozialismus als einer wünschenswerten Alternative. Glaubst du nicht, daß das ein bißchen »Großvater-Sozialismus« ist? Denn Sozialismus ist heute nicht mehr edle Abstraktion, sondern eine nicht sonderlich begeisternde Realität. Gestehst du mir das zu? Nach dem, was in Polen geschehen ist, kann man doch nicht mehr daran glauben, daß in diesen Ländern die Arbeiterklasse an der Macht ist. Siehst du zwischen einem faulenden Kapitalismus und einem »Sozialismus« (in Anführungszeichen), der auch faul ist, einen dritten Weg für unseren Kontinent?

G. G. M.: Ich glaube nicht an einen dritten Weg: Ich glaube an viele, vielleicht so viele Wege, wie es in unseren Amerikas, einschließlich der Vereinigten Staaten, Länder gibt. Ich bin der Überzeugung, daß wir unsere eigenen Lösungen finden müssen, in die, soweit es möglich ist, Lösungen eingehen, die andere Kontinente auf dem langen, holprigen Weg ihrer Geschichte gefunden haben, ohne daß wir jedoch versuchen, diese mechanisch zu kopieren, wie wir es bisher gemacht haben. Dabei kommt dann unweigerlich eine eigene Form des Sozialismus heraus.

P. A. M.: Apropos, andere Wege: Welche Rolle kann die Regierung Mitterrands in Lateinamerika spielen?

G. G. M.: Bei einem Essen mit einer Gruppe von Schriftstellern hat uns Präsident Mitterrand vor kurzem in Mexiko gefragt: »Was erwartet ihr von Frankreich?« Die Diskussion über die Antwort verstieg sich bis zu der Frage, wer nun der Hauptfeind von wem sei. Die Europäer am Tisch waren davon überzeugt, daß wir am Rande einer neuen Aufteilung der Welt wie der von Jalta stünden, und sagten, ihr Hauptfeind sei die Sowjetunion. Wir Lateinamerikaner meinten, für uns sei der Hauptfeind die USA. Ich beantwortete schließlich die Frage des Präsidenten (dieselbe, die du mir jetzt stellst) so:

»Jetzt, da wir alle unseren Hauptfeind haben, fehlt uns in Lateinamerika nur noch ein Hauptfreund, und der könnte gut das sozialistische Frankreich sein.«

P. A. M.: Glaubst du, daß Demokratie, so wie es sie in den entwickelten, kapitalistischen Ländern gibt, in der Dritten Welt möglich ist?

G. G. M.: Die Demokratie der entwickelten Länder ist ein Ergebnis ihrer Entwicklung und nicht umgekehrt. Sie nun einfach auf Länder mit anderen Kulturen (wie die Länder Lateinamerikas) zu übertragen, ist genauso mechanisch und unrealistisch wie der Versuch, das sowjetische System einzuführen.

P. A. M.: Du glaubst also, daß die Demokratie eine Art Luxus der reichen Länder ist? Denk doch daran, daß sie den Schutz der Menschenrechte, für die du gekämpft hast, beinhaltet ...

G. G. M.: Ich spreche nicht von den Prinzipien, sondern von den Formen der Demokratie.

P. A. M.: Apropos, welchen Erfolg hatte der Kampf, den du schon lange für die Menschenrechte führst?

G. G. M.: Der Erfolg ist schwer zu messen, denn die Ergebnisse solch einer Arbeit im Bereich der Menschenrechte sind weder genau definierbar noch direkt greifbar, sondern finden sich manchmal da, wo man sie am wenigsten erwartet, und sind die Folge eines Zusammenspiels von Faktoren, das es fast immer unmöglich macht, den eigenen Beitrag zu messen. Für einen berühmten Schriftsteller, der wie ich gewohnt ist, immer zu gewinnen, ist diese Arbeit eine Schule der Bescheidenheit.

P. A. M.: Welcher der von dir unternommenen Schritte hat dich am meisten befriedigt?

G. G. M.: Was mich sehr direkt begeistert und zudem mit Recht befriedigt hat, war folgendes: Vor dem Sieg der Sandinisten hatte mich Tomás Borge, der heutige Innenminister Nicaraguas, gebeten, mir etwas Originelles einfallen zu lassen, um seine Frau und seine siebenjährige Tochter aus der kolumbianischen Botschaft in Managua herauszubekommen, in die sie geflohen waren. Somoza, der Diktator, verweigerte ihnen die Ausreisegenehmigung, denn schließlich waren sie Angehörige des letzten überlebenden Gründers der Sandinistischen Befreiungsfront. Tomás Borge und ich beschäftigten uns mehrere Stunden lang mit der Situation, bis wir einen brauchbaren Ansatz fanden: Sein Kind hatte einmal eine Niereninsuffizienz gehabt. Wir zogen einen Arzt zu Rate, um zu erfahren, was das unter den Umständen, in denen sich das Kind befand, bedeuten könnte, und seine Antwort lieferte uns das Argument, das wir suchten. Weniger als achtundvierzig Stunden später waren Mutter und Kind dank einer Ausreisegenehmigung aus humanitären und nicht aus politischen Gründen in Mexiko. Der Fall, der mich dagegen am meisten entmutigt hat, war mein Beitrag zur Freilassung von zwei englischen Bankiers, die 1979 von den Guerrilleros in El Salvador entführt worden waren. Sie hießen Ian Massie und Michael Chaterton. Die zwei Männer sollten achtundvierzig Stunden später exekutiert werden, weil die beiden Parteien zu keiner Übereinkunft gelangt waren, als mich General Omar Torrijos auf Veranlassung der Angehörigen der Entführten anrief und bat, etwas zu ihrer Rettung zu unternehmen. Ich leitete die Botschaft über zahlreiche Mittelsmänner an die Guerrilleros weiter und kam noch rechtzeitig. Ich verpflichtete mich, dafür zu sorgen, daß die Auslösungsverhandlungen sofort wiederaufgenommen würden, und sie akzeptierten das. Dann bat ich Graham Greene, der in Antibes wohnte, mit der englischen Seite Kontakt aufzunehmen. Die Verhandlungen zwischen den Guerrilleros und der Bank dauerten vier Monate, und weder Graham Greene noch ich waren in irgendeiner Weise daran beteiligt, weil wir uns das so ausgebeten hatten. Nur jedesmal, wenn es Schwierigkeiten gab, setzte sich eine der beiden Seiten mit mir in Verbindung, um die Gespräche wieder in Gang zu bringen. Die Bankiers wurden freigelassen, aber weder Graham Greene noch ich haben jemals ein Zeichen der Dankbarkeit erhalten. Darauf kam es mir natürlich nicht an, aber es wunderte mich doch. Nach langem Hinundherüberlegen ist mir nur eine einzige Erklärung dafür eingefallen: Graham Greene und ich haben unsere Sache so gut gemacht, daß die Engländer glauben mußten, wir wären Komplizen der Guerrilleros.

P. A. M.: Viele sehen in dir so etwas wie einen fliegenden Botschafter im karibischen Raum, einen ehrenamtlichen Botschafter natürlich. Persönlicher Freund von Fidel Castro, aber auch von Torrijos, Carlos Andrés Pérez aus Venezuela, Alfonso López Michelsen aus Kolumbien, von den Sandinisten ... Du bist ein bevorzugter Verhandlungspartner. Wie kommst du zu solch einer Rolle?

G. G. M.: Die drei Persönlichkeiten, die du genannt hast, waren in einem für die Karibik entscheidenden Augenblick an der Macht, und das war ein günstiges Zusammentreffen. Ein Jammer, daß sie nicht länger in dieser koordinierten Form zusammenarbeiten konnten. In einem bestimmten Augenblick hätten die drei, zusammen mit Fidel Castro in Kuba und einem Präsidenten wie Jimmy Carter in den Vereinigten Staaten, ganz zweifellos diese konfliktreiche Region auf einen guten Weg bringen können. Die ständige Kommunikation, die es zwischen ihnen gab, war sehr positiv, und ich war nicht nur ihr Zeuge, sondern habe, soweit es mir möglich war, daran mitgearbeitet. Ich glaube, Mittelamerika und die Karibik, was für mich ein und dasselbe ist, ich verstehe nicht recht, warum es da verschiedene Bezeichnungen gibt, befindet sich in einem historischen Augenblick und hat einen Grad von Reife erlangt, der es möglich machen sollte, aus der traditionellen Erstarrung herauszukommen. Ich glaube aber auch, daß die Vereinigten Staaten das nicht zulassen, denn es würde bedeuten, sehr alte und maßlose Privilegien aufzugeben. Carter war im Rahmen seiner historischen Möglichkeiten der beste Gesprächspartner, den die Karibik in den letzten Jahren hatte, und das Zusammentreffen von Torrijos, Carlos Andrés Pérez und López Michelsen war für das Gespräch ganz wesentlich. Da ich davon überzeugt war, kam ich dazu, eine vielleicht bescheidene, aber für mich in diesem historischen Augenblick sehr interessante Rolle zu übernehmen. Es war einfach die Rolle eines inoffiziellen Vermittlers in einem Prozeß, der sehr weit hätte führen können, wäre es nicht zu dieser katastrophalen Wahl eines nordamerikanischen Präsidenten gekommen, der genau die entgegengesetzten Interessen vertrat. Torrijos nannte meine Arbeit immer »Geheimdiplomatie« und hat mehrfach öffentlich geäußert, ich hätte eine Art, schlechte Nachrichten zu überbringen, die sie als gute erscheinen ließen. Ich wußte nie, ob das Kritik oder Lob war.

P. A. M.: Welche Art von Regierung wünschst du dir für dein Land?

G. G. M.: Stell dir vor, jede Regierung, die die Armen glücklich macht.

Frauen

P. A. M.: Irgendwann hast du einmal das Glück gehabt, die schönste Frau der Welt zu treffen. (Bei einem Cocktail, nicht wahr?) Zwischen der schönsten Frau der Welt und dir gab es anscheinend eine Art von *coup de foudre*. Sie hat sich mit dir für den nächsten Tag vor einer Bank verabredet. Du bist zu dem Stelldichein gekommen, und als alle Umstände darauf hindeuteten, daß es zwischen der schönsten Frau der Welt und dir etwas geben könnte, bist du weggelaufen wie ein Hase. Da es um die schönste Frau der Welt ging (dachtest du), dürfte es keine banale Geschichte werden, und für dich (das wissen wir, deine Freunde, zur Genüge) ist Mercedes, deine Ehe mit Mercedes, wichtiger als alles andere. Müssen wir das so verstehen, daß solche heroischen Opfer der Preis für eine glückliche Ehe sind?

G. G. M.: Dein einziger Fehler beim Ausgraben dieser alten Geschichte ist, daß ihr Ausgang nichts mit einer glücklichen Ehe zu tun hatte. Die schönste Frau der Welt mußte nicht notwendigerweise auch die begehrenswerteste in dem Sinne sein, wie ich diese Art von Beziehungen verstehe. Nach einer kurzen Unterhaltung mit ihr hatte ich den Eindruck, ihr Charakter könnte bei mir bestimmte emotionale Konflikte hervorrufen, die ihre Schönheit vielleicht nicht aufwiegen würden. Ich habe immer geglaubt, nichts sei der Treue einer Frau vergleichbar, jedoch unter der Bedingung, daß die Spielregeln von Anfang an festgelegt sind und man sie ohne Betrügereien irgendwelcher Art auch erfüllt. Das einzige, was diese Treue nicht vertragen kann, ist die geringste Verletzung der festgelegten Regeln. Vielleicht kam mir es damals so vor, als würde die schönste Frau der Welt dieses universelle Schachspiel nicht kennen und wollte mit andersfarbigen Figuren spielen. Vielleicht besaß sie letzten Endes keine größere Tugend als ihre Schönheit, und die reichte nicht aus, um eine Beziehung anzuknüpfen, die für beide gut gewesen wäre. So lagen die Dinge, es war ein Opfer, aber kein allzu heroisches. Die ganze Geschichte, die nicht länger als eine halbe Stunde währte, hinterließ ohne Zweifel etwas Wichtiges: eine Erzählung von Carlos Fuentes.[58]

P. A. M.: Bis zu welchem Punkt sind Frauen in deinem Leben wichtig gewesen?

G. G. M.: Ich könnte mein Leben so, wie es ist, ohne die Bedeutung, die die Frauen darin gehabt haben, nicht verstehen. Ich bin von einer Großmutter und zahlreichen Tanten großgezogen worden, die sich abwechselnd um mich kümmerten, sowie von Hausangestellten, mit denen ich in meiner Kindheit zeitweise sehr glücklich war, denn sie hatten, wenn nicht weniger, so doch wenigstens andere Vorurteile als die Frauen aus der Familie. Die Frau, die mir das Lesen beigebracht hat, war eine schöne, graziöse, intelligente Frau, die mich lehrte, gern in die Schule zu gehen, nur um sie zu sehen. In jedem Moment meines Lebens gibt es eine Frau, die mich an der Hand durch die Finsternisse einer Realität führt, die Frauen besser kennen als Männer und in der sie sich leichter und mit weniger Licht orientieren können. Das ist schließlich zu einem Gefühl geworden, das fast schon Aberglaube ist: Ich spüre, daß mir nichts Böses zustoßen kann, wenn ich unter Frauen bin. Sie schaffen bei mir ein Gefühl von Sicherheit, ohne das ich nichts Gutes im Leben hätte vollbringen können. Vor allem, glaube ich, hätte ich nicht schreiben können. Damit will ich natürlich auch sagen, daß ich mich mit ihnen besser verstehe als mit Männern.

P. A. M.: In *Hundert Jahre Einsamkeit* schaffen die Frauen Ordnung, wo die Männer Chaos anrichten. Ist das deine Vorstellung von der historischen Rolle der beiden Geschlechter?

G. G. M.: Bis zu *Hundert Jahre Einsamkeit* war diese Verteilung in der Bestimmung von Mann und Frau in meinen Büchern spontan und unbewußt. Es waren die Kritiker und besonders Ernesto Volkening[59], die mir das bewußt gemacht haben, und es hat mir überhaupt nicht gefallen, denn seitdem konstruiere ich die weiblichen Figuren nicht mehr mit derselben Unschuld wie vorher. Auf jeden Fall habe ich bei der Betrachtung meiner eigenen Bücher durch diese Brille entdeckt, daß es anscheinend wirklich meiner historischen Sicht der beiden Geschlechter entspricht: Die Frauen halten die menschliche Art mit eiserner Hand aufrecht, während die Männer durch die Welt gehen und sich auf all die unendlichen Verrücktheiten einlassen, die die Geschichte vorantreiben. Das hat mich dazu gebracht, zu glauben, daß die Frauen keinen Sinn für Geschichte haben: Wenn das nicht so wäre, könnten sie ihre Hauptaufgabe, die Fortsetzung der Art, nicht erfüllen.

P. A. M.: Wo hat sich bei dir diese Vorstellung von der historischen Rolle der Frauen und Männer gebildet?

G. G. M.: Vielleicht im Haus meiner Großeltern, als ich den Erzählungen über die Bürgerkriege lauschte. Ich habe immer gedacht, diese Kriege wären nicht möglich gewesen, wenn die Frauen nicht diese fast geologische Kraft besäßen, die es ihnen erlaubt, sich die Welt auf die Schultern zu laden und sich vor nichts zu fürchten. Mein Großvater erzählte mir, daß die Männer mit einer Flinte in den Krieg zogen, ohne auch nur zu wissen, wohin sie eigentlich gingen, ohne die geringste Vorstellung zu haben, wann sie zurückkehren würden, und natürlich ohne sich darum zu kümmern, was bei ihnen zu Hause passierte. Das machte nichts: Die Frauen blieben als Verantwortliche für die Erhaltung der Art zurück, sie brachten die Männer hervor, die die im Krieg gefallenen ersetzen würden, und das, ohne mehr zu besitzen, als ihre eigene Stärke und ihren Erfindungsgeist. Sie waren wie die griechischen Mütter, die sich von ihren Männern, wenn sie in den Krieg zogen, so verabschiedeten: »Komm zurück mit dem Schild oder auf dem Schild!« Das heißt, tot oder lebendig, nur nicht besiegt. Ich habe oft darüber nachgedacht, ob dieses Naturell der Frauen, das in der Karibik so offensichtlich ist, nicht der Grund für unseren Machismo ist. Das heißt: ob der Machismo nicht generell ein Produkt der matriarchalischen Gesellschaften ist.

P. A. M.: Mir scheint, du kreist immer um denselben Typ Frau, der in *Hundert Jahre Einsamkeit* durch Ursula Iguarán sehr gut verkörpert ist: die Frau als Mutter, der es bestimmt ist, die Art zu erhalten. Aber es gibt in dieser Welt auch die unbeständigen Frauen (und du mußt sie im Leben getroffen haben), die kastrierenden oder nur »erleuchtenden« Frauen. Wie verhältst du dich da?

G. G. M.: Was sie suchen, das ist in der Regel einen Papa. Je älter man wird, desto mehr von ihnen trifft man. Ein bißchen gute Gesellschaft, ein bißchen Verständnis und sogar ein bißchen Liebe ist alles, was sie brauchen und dafür sind sie gewöhnlich auch dankbar. Ein bißchen von allem, sonst natürlich nichts, denn ihre Einsamkeit ist unheilbar.

P. A. M.: Weißt du noch, wann dir zum erstenmal eine Frau den Kopf verdreht hat?

G. G. M.: Die erste, die mich fasziniert hat, war – wie ich schon gesagt habe – die Lehrerin, die mir mit fünf Jahren das Lesen beigebracht hat. Aber das war anders. Die erste, die mich irritiert hat, war ein Mädchen, das bei uns im Haus arbeitete. Eines Abends gab es nebenan Musik, und sie holte mich in völliger Unschuld zum Tanzen in den Hof. Wie ihr Körper meinen berührte – ich war ungefähr sechs Jahre alt –, das war ein emotionales Erdbeben, von dem ich mich bis heute noch nicht erholt habe, denn ich habe es nie wieder mit solcher Intensität gespürt und vor allem nicht mit solch einem Gefühl von Unordnung.

P. A. M.: Und die letzte, die dich interessiert hat?
G. G. M.: Ich könnte dir sagen, es war eine, die ich gestern abend in einem Restaurant in Paris gesehen habe, und ich würde nicht einmal lügen. Es passiert mir alle Augenblicke, so daß ich darüber nicht Buch führe. Ich habe einen ganz besonderen Instinkt: Wenn ich irgendwohin komme, wo alles voller Leute ist, spüre ich so etwas wie ein mysteriöses Signal, das meinen Blick unweigerlich zu dem Ort hinzieht, wo die Frau ist, die mich in der Menge am meisten interessiert. Gewöhnlich ist es nicht die schönste, sondern eine, zu der ich zweifellos tiefliegende Affinitäten habe. Ich mache nie etwas: Es reicht mir zu wissen, daß sie da ist, und darüber freue ich mich. Das ist etwas so Feines und Schönes, daß mir manchmal sogar Mercedes dabei hilft, sie ausfindig zu machen und den Platz auszusuchen, der mir am geeignetsten erscheint.
P. A. M.: Du versicherst, daß du kein Haarbreit Machista bist. Könntest du dafür ein Beispiel geben, um es jeder mißtrauischen Feministin zu beweisen?
G. G. M.: Die Vorstellung, die sogenannte Feministinnen vom Machismo haben, ist nicht bei allen gleich, noch entspricht sie immer meiner Vorstellung. Es gibt zum Beispiel Feministinnen, die eigentlich Männer sein wollen, was sie sofort als frustrierte Machistas definiert. Andere betonen ihr Frausein durch ein Verhalten, das machistischer ist als das von irgendeinem Mann. Es ist also sehr schwierig, auf diesem Gebiet irgend etwas zu beweisen, zumindest in theoretischen Begriffen. Es zeigt sich in der Praxis: *Chronik eines angekündigten Todes*, um nur eines meiner Bücher zu nennen, ist ohne Zweifel ein Röntgenbild und gleichzeitig eine Verurteilung der Grundsubstanz des Machismo in unserer Gesellschaft, die natürlich matriarchalisch ist.
P. A. M.: Wie würdest du denn Machismo definieren?
G. G. M.: Ich würde sagen, Machismo ist bei Männern wie bei Frauen nichts anderes als die Anmaßung eines fremden Rechts. So einfach ist das.

P. A. M.: Der Patriarch ist in sexueller Beziehung ein primitiver Mensch. Sein Doppelgänger erinnert ihn daran, bevor er vergiftet stirbt.[60] Glaubst du, daß dieser Umstand seinen Charakter oder sein Schicksal beeinflußt hat?
G. G. M.: Ich glaube, Kissinger hat einmal gesagt, daß die Macht ein Aphrodisiakum ist. Die Geschichte zeigt auf jeden Fall, daß die Mächtigen leben, als würden sie von einer Art sexuellem Wahn bedrängt. Ich würde sagen, meine Vorstellung im *Herbst des Patriarchen* ist komplexer: Die Macht ist Ersatz für Liebe.
P. A. M.: Genau: Wer in deinen Büchern nach Macht strebt und sie erlangt, ist anscheinend unfähig zu lieben. Ich denke da nicht nur an den Patriarchen, sondern auch an Oberst Aurelinano Buendía. Ist diese Unfähigkeit Ursache oder Folge davon, daß sie Geschmack an der Macht gefunden haben.
G. G. M.: Im Rahmen meiner Vorstellungen glaube ich, es ist die Unfähigkeit zu lieben, die sie dazu treibt, den Trost in der Macht zu suchen. Aber ich bin mir bei solchen theoretischen Spekulationen nie ganz sicher, weil sie in meinem Fall immer a posteriori aufkommen.
Ich überlasse das lieber anderen, die so etwas besser können und sich dabei mehr amüsieren.
P. A. M.: Der Leutnant in *Die böse Stunde* hat anscheinend sexuelle Probleme. Ist er impotent oder vielleicht homosexuell?
G. G. M.: Ich habe den Leutnant in *Die böse Stunde* nie für homosexuell gehalten, muß aber zugeben, daß sein Verhalten den Verdacht wecken könnte. Tatsächlich kam es in irgendeiner Fassung des Manuskripts vor, daß im Dorf so etwas gerüchteweise verlautete, aber ich habe es herausgenommen, weil es mir zu einfach schien. Ich habe vorgezogen, die Leser entscheiden zu lassen. Kein Zweifel besteht daran, daß er unfähig ist zu lieben, auch wenn ich daran nicht bewußt gedacht habe, als ich seine Persönlichkeit entwarf. Ich wußte es erst nachher, als ich am Charakter des Oberst Aureliano Buendía

arbeitete. Auf jeden Fall führt die Verbindungslinie, die es zwischen diesen beiden Personen und dem Patriarchen gibt, nicht über ihr sexuelles Verhalten, sondern über die Macht. Der Leutnant in *Die böse Stunde* war mein erster konkreter Versuch, das Mysterium der Macht zu erkunden (auf einer so bescheidenen Ebene, wie der eines Dorfbürgermeisters), und am weitesten bin ich dann beim Patriarchen gegangen. Man kann den Zusammenhang zeigen: Oberst Aureliano Buendía hätte in einer Hinsicht sehr gut der Leutnant von *Die böse Stunde* sein können und in anderer der Patriarch. Ich würde sagen, in beiden Fällen wäre sein Verhalten dasselbe gewesen.

P. A. M.: Findest du die Unfähigkeit zur Liebe wirklich so schwerwiegend?

G. G. M.: Ich glaube, es gibt kein größeres menschliches Unglück. Nicht nur für den, der daran leidet, sondern auch für die, die das Pech haben, seinen Weg zu kreuzen.

P. A. M.: Hat die sexuelle Freiheit für dich irgendeine Grenze? Und wenn ja, welche?

G. G. M.: Wir sind alle Geiseln unserer Vorurteile. Als ein Mensch mit liberaler Gesinnung glaube ich theoretisch, daß die sexuelle Freiheit keine Grenze haben sollte. In der Praxis gelingt es mir nicht, den Vorurteilen meiner katholischen Erziehung und der bürgerlichen Gesellschaft zu entfliehen, und ich bin wie wir alle Opfer einer doppelten Moral.

P. A. M.: Du bist Vater von Söhnen. Hast du dich einmal gefragt, wie du als Vater von Töchtern wärest? Streng? Tolerant? Vielleicht eifersüchtig?

G. G. M.: Ich habe nur Söhne und du nur Töchter. Ich kann dir sagen, unsereiner ist bei seinen Söhnen so eifersüchtig wie ihr bei euren Töchtern.

P. A. M.: Du hast irgendwann einmal gesagt, alle Männer seien impotent, daß sich aber immer eine Frau findet, die dieses Problem für sie löst. Hältst du unsere männlichen Hemmungen für so stark?

G. G. M.: Ich glaube, es war ein Franzose, der das gesagt hat: »Es gibt keine impotenten Männer, sondern nur Frauen, die nicht Bescheid wissen.« Auch wenn das nicht viele zugeben, beginnt doch jeder Mann eine neue sexuelle Beziehung halbtot vor Angst. Die Erklärung für diese Furcht ist, glaube ich, kulturell bedingt: Er hat Angst, nicht vor der Frau bestehen zu können, und steht wirklich nachher schlecht da, denn die Angst hindert ihn, so gut zu erscheinen, wie es sein Machismo von ihm verlangt. In diesem Sinne sind wir alle impotent, und nur das Verständnis und die Hilfe der Frau erlauben uns, noch mit gewissem Anstand daraus hervorzugehen. Das ist nicht schlecht: Es gibt der Liebe einen zusätzlichen Reiz, das heißt, es ist jedesmal so wie beim erstenmal, und jedes Paar muß von Anfang an wieder alles neu lernen, als wäre es für beide der erste Versuch. Das Fehlen dieser Spannung und dieses Mysteriums ist es, was die Pornographie so unerträglich langweilig macht.
P. A. M.: Als du jung warst, arm und völlig unbekannt, hast du manchmal darunter gelitten, daß du keine Frauen hattest. Durch den Ruhm hast du mehr als genug Chancen. Aber durch die Notwendigkeit, dein Privatleben in Ordnung zu halten, bist du zu etwas Seltenem geworden: Einem Mann, der sich ziert. Bedauerst du das nicht und empfindest es im Grunde genommen nicht als Ungerechtigkeit des Schicksals?
G. G. M.: Was mich daran hindert, ein sogenannter stadtbekannter Frauenheld, der jede Verrückte umlegt, zu werden, ist nicht die Notwendigkeit, mir mein Privatleben zu erhalten, sondern die Tatsache, daß ich unter Liebe nicht einen momentanen und konsequenzlosen Überfall verstehe. Für mich ist Liebe eine gegenseitige, lang andauernde und auf kleinem Feuer gekochte Beziehung, so etwas ist in meinen gegenwärtigen Verhältnissen fast unmöglich. Ich beziehe mich natürlich nicht auf die flüchtigen Anfechtungen, die Früchte von Eitelkeit, Neugierde und sogar Langeweile, die

keine Spur hinterlassen, noch nicht einmal unterhalb der Gürtellinie. Auf jeden Fall bin ich mir seit langem sicher, daß es nun keine tellurische Kraft mehr gibt, die in der Lage ist, das umzustürzen, was du die Ordnung meines Privatlebens nennst, wobei wir alle ohne viel Erklärung verstehen, was gemeint ist.

Aberglauben, Zwangsvorstellungen und Vorlieben

P. A. M.: Du hast einmal gesagt: »Wer nicht an Gott glaubt, sollte wenigstens abergläubisch sein.« Ist das für dich ernsthaft ein Thema?

G. G. M.: Ja, ganz ernsthaft.

P. A. M.: Warum?

G. G. M.: Ich glaube, Aberglaube oder das, was Aberglaube genannt wird, stellt eine natürliche Fähigkeit dar, die ein rationalistisches Denken, wie es im Westen herrscht, entschieden ablehnt.

P. A. M.: Fangen wir mit dem Üblichsten an: die Zahl 13. Glaubst du wirklich daran, daß die 13 Unglück bringt?

G. G. M.: Ich glaube, das Gegenteil ist richtig. Diejenigen, die das wissen, wollen nur glauben machen, sie bringe Unglück (und die Nordamerikaner haben es ihnen geglaubt: in den Hotels dort kommt man vom 12. gleich in den 14. Stock), damit sie sich sonst niemand zunutze macht und sie allein von dem Geheimnis profitieren. Die 13 ist eine Zahl mit guter Vorbedeutung. Genauso ist es mit schwarzen Katzen, wenn man unter einer Leiter durchgeht ...

P. A. M.: In deinem Haus stehen immer gelbe Blumen. Was bedeutet das?

G. G. M.: Solange gelbe Blumen dastehen, kann mir nichts Böses widerfahren. Um da ganz sicher zu sein, brauche ich gelbe Blumen (am besten gelbe Rosen), oder ich muß von Frauen umgeben sein.

P. A. M.: Mercedes stellt auf deinen Schreibtisch immer eine Rose.

G. G. M.: Immer. Es ist mir oft so gegangen, daß ich gearbeitet habe, ohne daß dabei etwas herausgekommen ist; nichts geht, ich zerreiße ein Blatt nach dem anderen. Dann blicke ich noch mal zur Blumenvase und stelle fest, warum: Die Rose fehlt. Ich lasse einen Schrei los, man bringt mir die Blume, und von da an geht alles.

P. A. M.: Ist Gelb deine Glücksfarbe?

G. G. M.: Ja, aber nicht Gold oder die Farbe des Goldes. Für mich hat Gold mit Scheiße zu tun. Es handelt sich in meinem Fall um eine Abwehr der Scheiße, wie mir ein Psychoanalytiker gesagt hat. Von Kindheit an.

P. A. M.: In *Hundert Jahre Einsamkeit* vergleicht jemand das Gold mit Hundescheiße.

G. G. M.: Ja, José Arcadio Buendía entdeckt die Formel, um Metalle in Gold zu verwandeln und zeigt seinem Sohn das Ergebnis des Experiments. Der sagt: »Es sieht aus wie Hundescheiße.«[61]

P. A. M.: Deshalb trägst du kein Gold?

G. G. M.: Nie, kein Armband, keine Kette, keine Uhr, keinen goldenen Ring. Du wirst auch in meinem Haus keinen Gegenstand finden, an dem Gold ist.

P. A. M.: Wir beide haben in Venezuela etwas gelernt, das uns im Leben viel geholfen hat: die Beziehung, die es zwischen schlechtem Geschmack und Unglück gibt. »La pava«, wie die Venezolaner diese unheilvolle Wirkung bezeichnen, die von spießigen Gegenständen, Verhaltensweisen oder Personen ausgeht.

G. G. M.: Es ist ein hervorragender Abwehrmechanismus des gesunden Volksempfindens in Venezuela gegen die Explosion des schlechten Geschmacks der Neureichen.

P. A. M.: Du hast, glaube ich, eine vollständige Liste der Dinge aufgestellt, die »la pava« haben, den bösen Blick. Erinnerst du dich heute noch an einige davon?

G. G. M.: Also gut, die offensichtlichen, die grundlegenden: Muscheln, um die Türen aufzuhalten ...

P. A. M.: Aquarien im Haus ...
G. G. M.: Plastikblumen, Pfauen, seidene Manilatücher ... die Liste ist lang.
P. A. M.: Du hast einmal auch die Studentengruppen erwähnt, die in Spanien mit Musikinstrumenten und langen schwarzen Umhängen in die Restaurants kommen ...
G. G. M.: Die Estudiantinas. Es gibt kaum etwas, das so die »pava« hat wie sie.
P. A. M.: Und förmliche Kleidung?
G. G. M.: Auch, aber in Abstufungen. Der Frack hat mehr »pava« als der Smoking, aber weniger als der Gehrock. Der weiße Smoking ist als einziges Kleidungsstück dieser Art davor sicher.
P. A. M.: Hast du noch nie einen Frack angehabt?
G. G. M.: Nein, noch nie.
P. A. M.: Würdest du keinen anziehen? Solltest du einmal den Nobelpreis bekommen, müßtest du einen anziehen.
G. G. M.: Es hat schon andere Veranstaltungen und Feiern gegeben, an denen ich nur unter der Bedingung teilgenommen habe, daß ich keinen Frack anziehen mußte. Was kann man dagegen machen: Er hat die »pava«.
P. A. M.: Wir hatten damals noch andere, subtilere Formen der »pava« gefunden. Du hast zum Beispiel einmal gesagt, nackt zu rauchen brächte kein Unglück, wohl aber, nackt zu rauchen und dabei spazierenzugehen.
G. G. M.: Und nackt, aber mit Schuhen herumzulaufen.
P. A. M.: Klar.
G. G. M.: Oder zu vögeln, ohne die Socken auszuziehen. Das ist fatal. Das kann nicht gut enden.
P. A. M.: Und was noch?
G. G. M.: Die Invaliden, die sich ihrer Verstümmelungen bedienen, um ein Musikinstrument zu spielen. Zum Beispiel die Musikanten, die mit den Füßen Schlagzeug oder mit dem Ohr Flöte spielen. Oder die blinden Musiker.
P. A. M.: Ich vermute, es gibt auch Wörter, die Unglück bringen. Ich meine Wörter, die du beim Schreiben nie benutzt.

G. G. M.: Generell die Worte aus der Soziologensprache: Niveau, Parameter, Kontext. Symbiose ist ein Wort mit »pava«.

P. A. M.: Fragestellung auch?

G. G. M.: Fragestellung, natürlich. Und was ist mit »Behinderung«?

»Und/oder«, »seitens« oder »entgegen« benutze ich nie.

P. A. M.: Und Personen mit dieser Wirkung?

G. G. M.: Die gibt es, aber man spricht besser nicht über sie.

P. A. M.: Das finde ich auch. Es gibt einen Schriftsteller, der die »pava« überall mit hinbringt. Ich erwähne ihn nicht, denn sonst geht unser Buch hier zum Teufel. Was machst du, wenn du so jemand triffst?

G. G. M.: Ich meide ihn. Vor allen Dingen übernachte ich nie da, wo so jemand ist. Ich weiß noch, wie wir vor ein paar Jahren mit Mercedes zusammen in einem Dorf an der Costa Brava eine Wohnung gemietet hatten. Plötzlich entdeckten wir, daß eine Nachbarin, eine Frau, die uns nur guten Tag sagen kam, die »pava« hatte. Ich weigerte mich, an diesem Ort zu übernachten. Tagsüber war ich dort, nur nicht nachts. Abends ging ich weg und schlief in der Wohnung eines Freundes. Mercedes war sogar darüber verärgert, aber ich konnte nichts daran ändern.

P. A. M.: Gibt es Orte, die genauso auf dich wirken?

G. G. M.: Ja, aber nicht, weil sie an sich Unglück bringen, sondern weil ich dort zu einer bestimmten Zeit eine böse Vorahnung gehabt habe. Das ist mir in Cadaqués passiert. Ich weiß, wenn ich noch einmal dorthin komme, sterbe ich.

P. A. M.: Früher bist du jeden Sommer dorthin gefahren. Was ist da passiert?

G. G. M.: Wir wohnten in einem Hotel, als der Tramontana begann, dieser entsetzliche Sturm, der an die Nerven geht. Mercedes und ich blieben drei Tage lang eingeschlossen in einem Zimmer, ohne hinausgehen zu können. Damals hatte ich das sichere Gefühl, einer tödlichen Gefahr ausgesetzt zu sein. Ich wußte, wenn ich lebend aus Cadaqués herauskäme, dürfte ich nie mehr zurückkehren. Als der Wind nachließ, fuhren wir sofort ab, über diese enge, kurvige Straße, die du auch kennst. Ich konnte erst wieder ruhig atmen, als wir nach Gerona kamen. Ich hatte mich durch ein Wunder gerettet, würde mich aber das nächste Mal, wenn ich wieder nach dort käme, nicht mehr retten können.

P. A. M.: Wie erklärst du dir deine berühmten Vorahnungen?

G. G. M.: Ich glaube, sie folgen vom Unterbewußtsein aufgenommenen Informationen oder Spuren.

P. A. M.: Ich weiß noch, wie du damals an jenem ersten Januar 1958 in Caracas den Eindruck hattest, im nächsten Moment würde etwas Wichtiges passieren. Und es passierte wirklich etwas: Der Präsidentenpalast wurde bombardiert, fast vor unserer Nase, niemand konnte das voraussehen. Ich frage mich noch heute, wie und warum du diese Vorahnung haben konntest.

G. G. M.: Sicher habe ich beim Aufwachen in meiner Pension ein Militärflugzeng gehört. Im Unterbewußtsein muß sich der Eindruck gehalten haben, daß jetzt etwas Außergewöhnliches passieren würde, denn ich kam gerade aus Europa, wo die Militärflugzeuge nur in Kriegszeiten die Städte überfliegen.

P. A. M.: Sind diese Vorahnungen immer ganz eindeutig?

G. G. M.: Nein, völlig konfus, wie eine Angst, die aber mit einer konkreten Sache zusammenhängt. Weißt du, neulich hatte ich in Barcelona beim Schuhzubinden plötzlich die Eingebung, in meinem Haus in Mexiko wäre gerade etwas passiert. Nicht unbedingt etwas Schlechtes. Irgend etwas. Aber ich habe mich erschrocken, denn an dem Tag fuhr mein Sohn Rodrigo mit dem Auto nach Acapulco. Ich bat Mercedes, zu Hause anzurufen. Und wirklich war in dem Augenblick, in dem ich mir den Schuh zugebunden hatte, etwas passiert: Das Mädchen, das bei uns arbeitete, hatte ein Kind zur Welt gebracht. Einen Sohn. Ich atmete erleichtert auf, denn die Vorahnung hatte nichts mit Rodrigo zu tun.

P. A. M.: Ich glaube, deine Vorahnungen und Intuitionen haben dir sehr geholfen. Viele wichtigen Entscheidungen in deinem Leben basieren darauf.

G. G. M.: Nicht nur die wichtigen. Alle.

P. A. M.: Wirklich alle?

G. G. M.: Alle. Jeden Tag. Wenn ich etwas entscheide, dann tue ich es immer intuitiv.

P. A. M.: Reden wir von deinen Zwangsvorstellungen. Welche ist die größte von allen?

G. G. M.: Die älteste und beständigste von allen ist die Pünktlichkeit. Die habe ich von Kind auf.

P. A. M.: Du hast vorhin erzählt, daß du das Blatt noch einmal schreibst, wenn du einen Fehler mit der Schreibmaschine machst. Zwang oder Aberglaube?

G. G. M.: Zwang. Ein Schreibfehler mit der Maschine oder eine Streichung, das ist für mich schon ein Stilfehler. (Es kann auch einfach Angst vor dem Schreiben sein.)

P. A. M.: Hast du Zwänge mit der Kleidung? Ich meine, gibt es Kleidungsstücke, die du nicht anziehst, weil sie dir Unglück bringen?

G. G. M.: Sehr selten. Wenn etwas irgendwie die »pava« hat, dann weiß ich das eigentlich, bevor ich es kaufe. Einmal habe ich allerdings ein Jackett nicht mehr angezogen, daran war aber Mercedes schuld. Als sie mit den Kindern von der Schule kam, glaubte sie mich an einem der Fenster des Hauses in diesem karierten Jackett stehen zu sehen. In Wirklichkeit war ich gar nicht da. Seit sie mir diese Geschichte erzählt hat, habe ich das Jackett nie wieder angezogen. Und ich liebte es natürlich.

P. A. M.: Reden wir von deinen Vorlieben, deinem Geschmack, so wie in den Frauenmagazinen. Es ist amüsant, dir Fragen zu stellen, die man bei uns zu Hause den Schönheitsköniginnen stellt. Welches ist dein Lieblingsbuch?

G. G. M.: *König Ödipus.*
P. A. M.: Dein Lieblingskomponist?
G. G. M.: Béla Bartók.
P. A. M.: Und Maler?
G. G. M.: Goya.
P. A. M.: Welche Filmregisseure verehrst du am meisten?
G. G. M.: Orson Welles, vor allem wegen *Stunde der Wahrheit* und Kurosawa wegen *Rotbart.*
P. A. M.: Welcher Film hat dir von allen, die du gesehen hast, am besten gefallen?
G. G. M.: *Der falsche General* von Rossellini.
P. A. M.: Und welcher noch?
G. G. M.: *Jules und Jim* von Truffaut.
P. A. M.: Welche Filmfigur hättest du am liebsten selbst geschaffen?
G. G. M.: Den falschen General.
P. A. M.: Welche historische Persönlichkeit interessiert dich am meisten?
G. G. M.: Julius Cäsar, aber vom literarischen Standpunkt aus.
P. A. M.: Welche verachtest du am meisten?
G. G. M.: Christoph Kolumbus. Außerdem hatte er die »pava«. Jemand sagt das im *Herbst des Patriarchen.*[62]
P. A. M.: Welche Romanhelden hast du am liebsten?
G. G. M.: Gargantua, Edmond Dantès und Graf Dracula.
P. A. M.: Welchen Tag magst du nicht?
G. G. M.: Den Sonntag.
P. A. M.: Die Farbe ist schon bekannt: Gelb. Aber welche Art Gelb?
G. G. M.: Ich habe es einmal genau gesagt: das Gelb des karibischen Meeres um drei Uhr nachmittags, von Jamaica aus gesehen.
P. A. M.: Und dein Lieblingsvogel?
G. G. M.: Das habe ich auch schon gesagt: *Canard à l'orange.*

Berühmtheit und berühmte Persönlichkeiten

P. A. M.: Sprechen wir von einem unbequemen Thema, der Berühmtheit. Haben die vielen neuen Freundschaften, die du geschlossen hast, seitdem du berühmt bist, dieselbe Festigkeit und Tiefe wie die Freundschaften von früher? Wie kannst du feststellen, ob sie echt sind oder nur auf der Anziehungskraft beruhen, die von der Berühmtheit ausgeht?
G. G. M.: Jahrelang habe ich meine Freunde in solche vor und solche nach *Hundert Jahre Einsamkeit* eingeteilt. Ich wollte damit zum Ausdruck bringen, daß die ersten mir sicherer vorkamen, denn die Freundschaft war aus verschiedenen Gründen zustande gekommen, nicht aber wegen meiner Berühmtheit. Mit der Zeit ist mir mein Irrtum klargeworden: Die Gründe für Freundschaft sind vielfältig und unerfindlich, einer davon, genauso legitim wie jeder andere, ist die Anziehung, die vom Ruhm ausgeht. Das gilt natürlich für beide Richtungen: Auch ich kenne jetzt viele Leute, denen ich früher nie begegnet wäre, denn ich habe sie wegen ihrer Berühmtheit und nur wegen ihrer Berühmtheit kennengelernt, und dann habe ich mich mit ihnen angefreundet, weil ich Gemeinsamkeiten entdeckt habe, die nichts mehr mit ihrer oder meiner Berühmtheit zu tun hatten. Sagen wir, Berühmtheit ist insofern positiv, als sie reichlich Möglichkeiten bietet, Freundschaften zu schließen, die auf andere Weise nicht zustande kämen. Trotz aller Liebe zu meinen neueren Freunden bleiben für mich aber die Freunde von damals, vor *Hundert Jahre Einsamkeit* doch immer noch eine Gruppe für sich, eine Art Geheimloge, verstärkt durch ein fast unzer-

störbares verbindendes Element, die gemeinsamen Erinnerungen.

P. A. M.: Glaubst du nicht, daß deine Berühmtheit die Beziehung zu ihnen in gewisser Weise verändert hat? Zum Beispiel schreibst du jetzt keine Briefe mehr wie früher.

G. G. M.: Das stimmt; ich vertraue mich niemand mehr mit derselben Unschuld an wie früher, nicht, weil ich, umgeben von unstetem Ruhm, nicht mehr dazu in der Lage wäre, sondern weil uns das Leben schließlich und endlich immer weniger unschuldig werden läßt. Es stimmt, daß ich seit ungefähr zwölf Jahren keine Briefe mehr schreibe, aber nicht nur an meine Freunde schreibe ich nicht mehr, sondern überhaupt an niemand, weil ich einmal durch Zufall erfahren habe, daß irgend jemand verschiedene persönliche Briefe von mir an das Archiv einer Universität in den Vereinigten Staaten verkauft hat. Die Entdeckung, daß auch meine Briefe zur Ware geworden sind, hat mich entsetzlich deprimiert, und ich habe nie wieder welche geschrieben.

P. A. M.: Jetzt rufst du deine Freunde an ...

G. G. M.: Oder ich reise für ein Wahnsinnsgeld rund um die Welt, um mich mit ihnen zu treffen, ein weiterer Beweis dafür, wie unendlich viel sie mir bedeuten.

P. A. M.: Unter deinen neuen Freunden sind auch Staatschefs. Ich weiß, daß einige von ihnen dich hören und dich um Rat fragen. Schlummert in dir vielleicht eine Berufung zum Politiker? Oder ist es die Macht, die dich heimlich reizt.

G. G. M.: Nein, es ist so: Ich habe eine unbändige Lust am Leben, und ein Aspekt davon ist die Politik. Aber das ist nicht der Aspekt, der mir am besten gefällt, und ich frage mich, ob ich mich damit überhaupt beschäftigen würde, wenn ich auf einem Kontinent mit weniger politischen Problemen als Lateinamerika geboren wäre. Das heißt: Ich halte mich für einen Notfall-Politiker.

P. A. M.: Alle lateinamerikanischen Schriftsteller deiner Generation befassen sich mit Politik. Aber du am allermeisten.

Ich habe zum Beispiel deine Freundschaft mit mehreren Staatschefs erwähnt.

G. G. M.: Meine persönliche Beziehung zu ihnen ist eine weitere Konsequenz der fast unbegrenzten Möglichkeiten, die Berühmtheit (sowohl die ihre wie die meine) bietet. Aber die Freundschaft mit einigen von ihnen beruht auf Gemeinsamkeiten persönlicher Art, die nichts mit Macht und Ruhm zu tun haben.

P. A. M.: Gib zu, daß dich die Macht in gewisser Weise reizt.

G. G. M.: Ja, für mich geht eine große Faszination von Macht aus, die ich auch nicht verheimliche. Im Gegenteil: Ich glaube, das wird bei vielen Figuren in meinen Büchern deutlich, sogar bei Ursula Iguarán, wo es die Kritiker vielleicht am wenigsten bemerkt haben, und es ist natürlich der Grund für die Existenz von *Herbst des Patriarchen*. Die Macht ist zweifellos der höchste Ausdruck menschlichen Willens und Strebens; deshalb kann ich mir nicht erklären, daß es Schriftsteller gibt, die sich von etwas, das die Wirklichkeit, in der sie leben, beeinflußt und manchmal bestimmt, nicht anregen lassen.

P. A. M.: Und du selbst hast die Versuchung der Macht nie gespürt?

G. G. M.: Nein, niemals. Es gibt in meinem Leben viele Beweise dafür, daß ich systematisch vermieden habe, jede Art von Macht auszuüben, denn dazu fehlt mir die Begabung, die Ausbildung und die Zielstrebigkeit. Drei Elemente, die für jeden Beruf grundlegend wichtig sind und die ich als Schriftsteller, glaube ich, ganz eindeutig besitze. Sich in seinem Lebensziel zu täuschen, ist auch politisch ein schwerer Fehler.

P. A. M.: Fidel Castro ist ein guter Freund von dir. Wie erklärst du dir deine Freundschaft mit ihm? Was spielt dabei die größere Rolle, die politischen Gemeinsamkeiten oder die Tatsache, daß er genau wie du ein Mann der Karibik ist?

G. G. M.: Paß mal auf, meine Freundschaft mit Fidel Castro, die in meinen Augen sehr persönlich und von großer Zuneigung getragen ist, hat mit der Literatur begonnen. Ich hatte zufällig mit ihm zu tun, als wir 1960 bei *Prensa Latina* arbeiteten, und fand, wir hätten uns nicht viel zu sagen. Später, als ich schon ein berühmter Schriftsteller war und er der bekannteste Politiker der Welt, haben wir uns mehrfach voll Respekt und Sympathie füreinander gesehen, ich hatte aber nicht den Eindruck, daß diese Beziehung über die politischen Gemeinsamkeiten hinausgehen könnte. Vor ungefähr sechs Jahren meinte er dann einmal, als es schon fast Morgen war, er müßte nach Hause, weil er dort noch viele Akten zu lesen hätte, eine, wie er sagte, langweilige und ermüdende Verpflichtung. Ich empfahl ihm ein paar Bücher, die nicht nur literarisch wertvoll, sondern gleichzeitig schön und leicht zu lesen seien, als Mittel gegen die ermüdende Pflichtlektüre. Ich zählte ihm viele verschiedene Titel auf und stellte zu meinem Erstaunen fest, daß er sie alle schon gelesen hatte und ein gutes Urteilsvermögen besaß. In dieser Nacht entdeckte ich, was nur sehr wenige wissen: Fidel Castro ist ein leidenschaftlicher Leser, Liebhaber und ernst zu nehmender Kenner der guten Literatur aller Zeiten, und selbst unter den schwierigsten Umständen hat er immer ein interessantes Buch zur Hand, um jeden Leerlauf auszufüllen. Zum Abschied um vier Uhr früh hatte ich ihm ein Buch gegeben, um zwölf Uhr mittags traf ich ihn wieder, und er hatte es schon gelesen. Darüber hinaus ist er ein so aufmerksamer und sorgfältiger Leser, daß er selbst da Widersprüche und falsche Angaben aufspürt, wo man sie am wenigsten vermutet. Nachdem er *Bericht eines Schiffbrüchigen* gelesen hatte, kam er zu meinem Hotel, nur um mir zu sagen, daß in der Berechnung der Schiffsgeschwindigkeit ein Fehler stecken müßte und die Ankunftszeit, die ich geschrieben hatte, nicht möglich sei.[63] Er hatte recht. Deshalb habe ich ihm vor der Veröffentlichung das Manuskript von *Chronik eines angekündigten Todes* gebracht, und er hat mich auf einen Fehler bei der genauen Bezeichnung eines Jagdgewehres hingewiesen.[64] Man spürt, daß ihm die Welt der Literatur zusagt, er sich in ihr wohl fühlt und daran Gefallen findet, die literarische Form seiner schriftlich fixierten Reden, die immer häufiger werden, zu pflegen. Einmal hat er mit leicht melancholischer Miene zu mir gesagt: »In meiner nächsten Reinkarnation möchte ich Schriftsteller sein.«

P. A. M.: Und deine Freundschaft mit Mitterrand basiert auch auf der Literatur?

G. G. M.: Auch die Freundschaft mit Mitterrand begann mit der Literatur. Als Pablo Neruda chilenischer Botschafter in Frankreich war, hatte er mit ihm über mich gesprochen, so daß mich Mitterrand vor ungefähr sechs Jahren, als er in Mexiko war, zum Frühstück einlud. Ich hatte seine Bücher gelesen und in ihnen eine unverkennbare literarische Begabung und Begeisterung für die Sprache bewundert, die nur bei einem geborenen Schriftsteller möglich ist. Er hatte meine Bücher ebenfalls gelesen. Dort und am folgenden Abend bei einem Essen haben wir viel über Literatur gesprochen, nur habe ich immer den Eindruck, daß unsere literarische Bildung verschieden ist und unsere Lieblingsautoren nicht dieselben sind. Vor allem, weil ich die französische Literatur nicht gut kenne und er sie von Grund auf, wie ein Professioneller, beherrscht.

Anders als bei Fidel Castro veranlassen uns aber die Umstände, unter denen wir uns treffen, immer über Politik zu sprechen und fast nie über Literatur, besonders seit er Staatspräsident ist. Im Oktober 1981 hatte Präsident Mitterrand Carlos Fuentes, den großen guatemaltekischen Kunstkritiker Luis Cardoza y Aragón und mich zum Essen eingeladen. Es war ein sehr wichtiges politisches Essen. Nur später habe ich erfahren, daß Frau Danielle Mitterrand ganz enttäuscht war, weil sie gehofft hatte, an einem literarischen Gespräch teilzunehmen. Was mich bei der kurzen Rede, die Mitterrand im Elysée-Palast hielt, als er mich im Dezember 1981 in die Ehrenlegion aufnahm, am meisten ergriffen und fast zu Tränen gerührt hat, war ein Satz, der ihn sicher genauso wie mich bewegt hat: »*Vous appartenez au monde que j'aime.*«

P. A. M.: Du warst ein guter Freund von General Omar Torrijos, dem starken Mann von Panama. Wie ist diese Freundschaft entstanden?

G. G. M.: Meine Freundschaft mit General Torrijos hat mit einem Streit begonnen. Ich hatte in einem Interview, vielleicht 1973, erklärt, er sei ein Demagoge, der sich hinter seiner Kampagne zur Rückeroberung von Panama verschanzte und nichts täte, um in Panama die unumgänglichen sozialen Veränderungen durchzuführen. Der Londoner Konsul von Panama suchte mich auf, um mir mitzuteilen, Torrijos lüde mich nach Panama ein, damit ich mich davon überzeugen könne, wie ungerecht meine Äußerung sei. Weil ich den Verdacht hatte, Torrijos versuche einen Propagandatrick, sagte ich, ich nähme seine Einladung nur unter der Bedingung an, daß nichts über meinen Besuch veröffentlicht würde. Er akzeptierte das, jedoch zwei Tage vor meiner Ankunft in Panama gaben die Presseagenturen die Nachricht von meinem Besuch durch. Ich reiste also nach Kolumbien weiter. Torrijos war die Indiskretion sehr peinlich, die gar nicht auf ihn, sondern auf jemand anderes zurückging, und er bestand auf der Einladung. Ich kam wenige Monate später inkognito, als ich aber Torrijos sehen wollte, konnte ich ihn erst nach vierundzwanzig Stunden ausfindig machen, obwohl ich die Hilfe des Nationalen Sicherheitsdienstes in Anspruch nahm. Als er mich schließlich empfing, schüttete er sich aus vor Lachen und sagte: »Weißt du, warum mich der Sicherheitsdienst nicht finden konnte? Weil ich zu Hause war. Das ist der letzte Ort, wo mich irgend jemand vermuten würde, noch nicht einmal der Sicherheitsdienst kommt darauf.« Von dem Moment an sind wir Freunde geworden, richtige karibische Komplizen, und einmal, als die Verhandlungen über den Panama-Kanal wieder sehr gespannt und ungewiß wurden, waren wir beide vierzehn Tage lang allein auf der Militärbasis

Farallón, haben über alles gesprochen und Whisky getrunken. Ich wagte nicht abzureisen, denn ich hatte das dumpfe Gefühl, allein würde er die Spannung nicht aushalten und sich eine Kugel in den Kopf jagen. Ich werde niemals erfahren, ob meine Befürchtung Einbildung war, auf jeden Fall aber habe ich immer geglaubt, daß ein Hang zum Märtyrertum Torrijos' negativster Charakterzug war.

P. A. M.: Hast du mit ihm einmal über Bücher gesprochen?

G. G. M.: Torrijos las nicht regelmäßig, er war zu unruhig und ungeduldig, um systematisch zu lesen, aber er hielt sich über die wichtigsten Bücher auf dem laufenden. Er war fast animalisch intuitiv, wie ich es noch bei niemand erlebt habe, und hatte einen solchen Sinn für die Realität, daß man manchmal glauben konnte, er könne die Zukunft vorausahnen. Im Gegensatz zu Fidel Castro, der so lange ununterbrochen über einen Gedanken redet, der ihm durch den Kopf geht, bis es ihm gelingt, ihn durch das viele Reden abzurunden, verschloß sich Torrijos hermetisch, und wir, seine Freunde, wußten, daß er über etwas anderes nachdachte als das, worüber er redete. Er war der mißtrauischste und unberechenbarste Mann, den ich je kennengelernt habe.

P. A. M.: Wann hast du ihn zum letztenmal gesehen?

G. G. M.: Drei Tage vor seinem Tod. Am 23. Juli 1981 war ich mit ihm in seinem Haus in Panama, und er lud mich ein, ihn auf einer Reise ins Landesinnere zu begleiten. Ich habe nie herauskriegen können, warum ich zum erstenmal, seit wir befreundet waren, nein gesagt habe. Ich reiste am folgenden Tag nach Mexiko ab. Zwei Tage später rief mich ein Freund an, um mir zu sagen, daß Torrijos mit dem Flugzeug abgestürzt und umgekommen war, in dem wir so oft mit vielen Freunden zusammen gereist waren. Meine Reaktion darauf war eine Wahnsinnswut, denn mir wurde erst jetzt klar, daß ich ihn sehr viel lieber mochte, als ich es selbst geglaubt hatte, und daß ich mich nie an seinen Tod würde gewöhnen können. Je mehr Zeit vergeht, desto überzeugter bin ich, daß das stimmt.

P. A. M.: Graham Greene war auch ein enger Freund von Torrijos. Du hast viel von Greene gelesen und ihn später kennengelernt. Wie hat er auf dich gewirkt?

G. G. M.: Er gehört zu den Schriftstellern, die ich seit meiner Studentenzeit am häufigsten und genausten gelesen habe, und er ist einer von denen, die mir am meisten dabei geholfen haben, die Tropen zu entschlüsseln. Schließlich ist die Realität in der Literatur nicht fotografisch, sondern synthetisch, und die wichtigsten Elemente für diese Synthese zu finden, ist eines der Geheimnisse der Erzählung. Graham Greene kennt sie gut, von ihm habe ich sie gelernt, und ich glaube, in einigen meiner Bücher, vor allem in *Die böse Stunde*, merkt man das allzusehr.

Kein Schriftsteller war dem Bild so ähnlich, das ich von ihm hatte, bevor ich ihn kennenlernte, wie Graham Greene. Er ist ein einsilbiger Mensch, der sich anscheinend nicht sonderlich für das interessiert, was man zu ihm sagt, nur hat man nach mehreren Stunden mit ihm den Eindruck, sich ununterbrochen unterhalten zu haben. Einmal habe ich ihm auf einer langen Reise im Flugzeug erklärt, er und Hemingway gehörten zu den wenigen Schriftstellern, bei denen sich keine literarischen Einflüsse entdecken ließen. »Die sind bei mir doch offensichtlich«, antwortete er. »Henry James und Conrad.« Dann habe ich ihn gefragt, warum er seines Erachtens nicht den Nobelpreis bekommen hätte. Er antwortete sofort: »Weil sie mich nicht für einen ernsthaften Schriftsteller halten.« Es ist merkwürdig, aber diese beiden Antworten haben mir so viel zu denken gegeben, daß ich mich an diese Reise erinnere, als wäre sie ein fünf Stunden langes, zusammenhängendes Gespräch gewesen. Seit ich vor ich weiß nicht wieviel Jahren *Die Kraft und die Herrlichkeit* gelesen habe, stelle ich mir den Autor so vor, wie er wirklich ist.

P. A. M.: Wie erklärst du dir, daß ihn mit Torrijos eine ähnliche Freundschaft verbunden hat wie dich?

G. G. M.: Seine Freundschaft mit Torrijos hatte, genauso wie meine Freundschaft mit ihnen beiden, etwas Komplizenhaftes. Graham Greene erhält seit vielen Jahren nur eine beschränkte Einreiseerlaubnis für die Vereinigten Staaten, weil er einmal bei der Beantragung des Visums angegeben hat, daß er in seiner Jugend wenige Monate lang Mitglied einer kommunistischen Partei gewesen ist. Mir geht es genauso, weil ich in New York Korrespondent der kubanischen Nachrichtenagentur war. Deshalb wollte uns Torrijos als seine Gäste zur Unterzeichnung des Vertrages über den Panama-Kanal 1978 nach Washington einladen und gab uns beiden offizielle Pässe von Panama. Ich werde das spöttische Gesicht von Graham Greene nie vergessen, als er auf der Andrews Marine-Basis in Washington unter Hymnen und Kanonenschüssen aus dem offiziellen Flugzeug stieg und die Vereinigten Staaten betrat wie sonst nur Regierungschefs. Am folgenden Tag bei der Feier waren wir beide weniger als zehn Meter von dem Tisch entfernt, an dem alle Regierenden Lateinamerikas, einschließlich Stroessner aus Paraguay, Pinochet aus Chile, Videla aus Argentinien und Banzer aus Bolivien saßen. Weder er noch ich machten irgendwelche Bemerkungen, sondern betrachteten mit dem entsprechenden Appetit diesen üppigen zoologischen Garten. Plötzlich beugte sich Graham Greene zu mir herüber und sagte mir auf französisch ins Ohr: *»Banzer doit être un homme très malheureux.«* Ich werde das nie vergessen, besonders, weil mir schien, als ob Graham Greene das voller Mitleid gesagt hätte.

P. A. M.: Mit welchem Dichter der Vergangenheit wärst du gern befreundet gewesen?

G. G. M.: Mit Petrarca.

P. A. M.: Du bist von Papst Johannes Paul II. empfangen worden. Welchen Eindruck hat er auf dich gemacht?

G. G. M.: Ja, der Papst hat mich empfangen, knapp einen Monat nach seiner Wahl, und der Eindruck, den er auf mich machte, war der eines Mannes, der sich nicht nur in den Vatikan-Palast, sondern in die weite Welt verirrt hat. Es war, als hätte er noch nicht aufgehört, Bischof von Krakau zu sein. Er hatte noch nicht einmal gelernt, wie die Gegenstände in seinem Büro zu handhaben waren; als er mich schon verabschiedet hatte, gelang es ihm nicht, den Schlüssel im Schloß der Bibliothek umzudrehen, und wir waren einen Moment lang eingesperrt, bis einer seiner Assistenten die Tür von außen öffnete. Ich erzähle das nicht als negativen Eindruck. Ganz im Gegenteil: Er wirkte auf mich wie ein schlichter, herzlicher Mensch von bedrückender physischer Stärke, der aussah, als wollte er sich dafür entschuldigen, Papst zu sein.

P. A. M.: Warum hast du ihn aufgesucht?

G. G. M.: Ich war zu ihm gegangen, um seine Hilfe für verschiedene Menschenrechtsprogramme in Lateinamerika zu erbitten, aber er schien sich einzig und allein für die Menschenrechte in Osteuropa zu interessieren. Trotzdem hatte ich wenige Wochen später, als er nach Mexiko reiste und sich zum erstenmal der Armut in der Dritten Welt gegenübersah, den Eindruck, daß er eine Seite der Menschheit zu sehen begann, die ihm bis dahin noch unbekannt war. Die Audienz dauerte ungefähr fünfzehn Minuten, wir sprachen Spanisch, denn er wollte es üben, bevor er nach Mexiko fuhr, und bei mir blieb für immer der beruhigende Eindruck haften, daß er nicht die leiseste Ahnung hatte, wer ich war.

P. A. M.: Ich habe dich einmal in Paris mit Margaux Hemingway beim Essen gesehen. Worüber kannst du mit ihr sprechen?

G. G. M.: Sie spricht mit mir viel über ihren Großvater. Und ich spreche mit ihr viel über meinen.

P. A. M.: Welches ist die bemerkenswerteste Persönlichkeit, die du kennengelernt hast?

G. G. M.: Mercedes, meine Frau.

Anmerkungen des Übersetzers

Die Zitierungen und Hinweise beziehen sich, wenn nicht anders angegeben, auf die jeweils erste Ausgabe des Verlages Kiepenheuer & Witsch, Köln. In Klammern ist jeweils die Originalausgabe zitiert: ES für Editorial Sudamericana, Buenos Aires, 1967 (*Cien años de soledad*) bzw. 1975 (*El otoño del patriarca*); BR für Bruguera, Barcelona 1981.

1. *Laubsturm*, S. 7–8. (*La hojarasca*, Plaza y Janés, Barcelona 1974, S. 7–8).

2. ibid.

3. Mauricio Babilonia ist eine Gestalt aus *Hundert Jahre Einsamkeit*, vgl. S. 329ff (ES, S. 243ff).

4. Wie Amaranta Buendía in *Hundert Jahre Einsamkeit*, S. 322ff (ES, S. 237ff).

5. Wörtlich so auch in: Gabriel García Márquez, *Tempo de morir*, Drehbuch für einen Film von A. Ripstein. In: *Revista de bellas artes*, No. 9, Mexiko Mai/Juni 1966, S. 35.

6. Vgl. *Hundert Jahre Einsamkeit*, S. 9 (ES, S. 9).

7. *Hundert Jahre Einsamkeit*, S. 75 (ES, S. 58).

8. An anderer Stelle sagt García Márquez, diese Episode habe er mit 15 Jahren erlebt. Vgl. Gabriel García Márquez y Mario Vargas Llosa, *La novela en América latina: Diálogo*, Carlos Milla Batres, Ediciones-Uni, Lima 1968, S. 27–28.

9. *Laubsturm*, S. 73 (a. a. O. S. 54).

10. *Chronik eines angekündigten Todes*, S. 32ff (BR, S. 39ff).

11. *Chronik eines angekündigten Todes*, S. 58 (BR, S. 72).

12. *Chronik eines angekündigten Todes*, S. 46 (BR, S. 57).

13. *Hundert Jahre Einsamkeit*, S. 427 und S. 461–464 (ES, S. 315 und S. 339–342).

14. *Chronik eines angekündigten Todes*, S. 58 und S. 137 (BR, S. 72 und 178).

15. In: *Das Leichenbegängnis der Großen Mama*, S. 159–167 (*Los funerales de la Mama Grande*, Editorial La Oveja Negra, Bogotá 1978, S. 7–17).

16. »... convertido en un gigantesco escarabejo« zitiert García Márquez hier. Bei Kafka heißt es jedoch: »... zu einem ungeheuren Ungeziefer verwandelt.«

17. Dazu García Márquez ausführlich in: *Fantasía y creación artística*. (*El País*, Madrid 24. 6. 1981) und *Algo mas sobre literatura y realidad* (ibid. 1. 7. 1981). Deutsch unter dem Titel: *Axelotl und Schwanzmensch* in: *Freibeuter*, Berlin 1982, S. 1–7.

18. *Hundert Jahre Einsamkeit*, S. 276 (ES, S. 205).

19. *Hundert Jahre Einsamkeit*, S. 102 (ES, S. 77) – dort sind es genau 12 cm!

20. *Hundert Jahre Einsamkeit*, S. 310 (ES, S. 229).

21. In dem Buch von F. W. Up de Graff, *Bei den Kopfjägern des Amazonas*, Leipzig 1924, das wohl viel Phantastisches enthält, heißt es diesbezüglich jedoch nur: »Auf dem Gipfel dieses Berges warnten mich die Indianer, sehr zu meiner Überraschung, auch nicht das leiseste Geräusch zu machen, sonst würde der Regen in Strömen herunterkommen. Jung und töricht wie ich war, glaubte ich, ihre Angst sei durch irgendeinen lokalen Aberglauben begründet, und beschloß, ihnen sofort die Torheit ihrer Warnung zu beweisen. Während sie vorsichtig ihren Weg vor mir in den Felsen suchten, schoß ich mein Gewehr ab. Sofort stürzte Regen auf uns herab.« (S. 54) Weiter unten heißt es auf derselben Seite eher beiläufig: »Der Weg war gut bezeichnet. Er führte auf unsicherer Brücken von Bejuco über winzige Cañons, durch die sich kochende Gießbäche ergossen, und an schroffen Felswänden hinab.«

22. *Der Herbst des Patriarchen*, S. 238 (ES, S. 193).

23. S. 155f (a. a. O. S. 152f).

24. Siehe Anmerkung 3.

25. Siehe Anmerkung 18.

26. *Hundert Jahre Einsamkeit*, S. 240 (ES, S. 178).

27. Der zweite Band der gesammelten journalistischen Arbeiten von Gabriel García Márquez (hrsg. von Jacques Gilard, Bruguera, Barcelona 1981) heißt *Entre Cachacos*.

28. Titel des berühmten Verszyklus (1919) von Juan Ramón Ji-

ménez. In: *Stein und Himmel*, deutsch von Fritz Vogelgsang, Klett/Cotta, Stuttgart 1982.

29. Siehe Anmerkungen 16 und 36. Mendoza zitiert hier die Übersetzung von J. L. Borges, Losada, Buenos Aires 1943, S. 15, in der der Satz endet: »... convertido en un monstruoso insecto.«

30. Die journalistischen Arbeiten aus dieser Zeit sind gesammelt in: *Textos costeños*, hrsg. von Jacques Gilard, Bruguera, Barcelona 1981. – Eine Auswahl erscheint 1984 in deutscher Übersetzung bei Kiepenheuer & Witsch.

31. *Hundert Jahre Einsamkeit*, S. 444 (ES, S. 328).

31a. z. B. Kafka, Faulkner und Virginia Woolf.

32. *Hundert Jahre Einsamkeit*, S. 408 ff (ES, S. 302 ff).

33. Vgl. *Chronik eines angekündigten Todes*, S. 110 (BR, S. 142).

34. Vgl. Virginia Woolf, *Mrs. Dalloway*, The Hogarth Press, London 1960, S. 19. Deutsch: *Mrs. Dalloway*, S. Fischer Verlag, Frankfurt 1955, S. 23. Bei G. G. M. fehlt ein Halbsatz.

35. Siehe Anmerkung 26.

36. Siehe Anmerkung 16; García Márquez zitiert anders als Mendoza (siehe Anmerkung 29): »... convertido en un enorme insecto.«

37. *Der Herbst des Patriarchen*, S. 251 (ES, S. 203).

38. Deutsch bei Molden, Wien 1968.

39. Von Frederik Forsyth. Piper, München 1971.

40. Von Henri Charrière. Fischer, Frankfurt, 15. Aufl. 1979.

41. In *Die Poesie von Aracataca und die Wirklichkeit von Macondo*, Auszug aus einem Gespräch mit Jacques Gilard (*Die Horen*, Nr. 128, Hannover 4/1982, S. 139), sagt García Márquez über Plinio Apuleyo Mendoza: »Plinio ist einer von denen, die daran schuld sind, daß ich vom mythischen und märchenhaften Stil von *Laubsturm* abging. Er sagte mir, es sei während der *violencia* unrecht, eine nostalgische Literatur zu verfassen, man habe in diesen Zeiten engagierte Literatur zu schreiben. Plinio war ein schrecklicher Stalinist und mit kategorischen Urteilen sehr schnell zur Hand. Er sagte einem, daß es so und nicht anders sein müsse, und davon rückte er nicht mehr ab.« – Die Gespräche stammen von 1977/78.

42. *Der Herbst des Patriarchen*, S. 112 (ES, S. 91).

43. Siehe Anmerkung 17.

44. *Hundert Jahre Einsamkeit*, S. 190 (ES, S. 140).

45. *Hundert Jahre Einsamkeit*, S. 471 (ES, S. 346).

46. *Hundert Jahre Einsamkeit*, S. 411 f (ES, S. 304).

47. *Hundert Jahre Einsamkeit*, S. 21 (ES, S. 18).

48. Von Gregory Rabassa.

49. Enrico Cicogna.

50. Claude Durand.

51. Vgl. Thomas Carlyle, *Verstreute historische Aufsätze*, deutsch von Th. A. Fischer, Otto Wiegand Verlag, Leipzig 1907, Bd. II, S. 218 f. – Der Aufsatz mit dem Titel *Dr. Francia* wurde 1843 geschrieben und ist eine Rezension mehrerer Bücher über Francia und seine Zeit. Allerdings beschreibt ihn Carlyle keineswegs als ernst zu nehmenden Philosophen.

52. *Der Herbst des Patriarchen*, S. 63 (ES, S. 51).

53. *Der Herbst des Patriarchen*, S. 57 (ES, S. 45).

54. *Der Herbst des Patriarchen*, S. 183 f (ES, S. 149).

55. Keine deutsche Übersetzung.

56. *Hundert Jahre Einsamkeit*, S. 436 (ES, S. 321).

57. Vgl. *Hundert Jahre Einsamkeit*, S. 25 (ES, S. 20 f).

58. Carlos Fuentes, *Fortuna, was sie wollte*, in: *Chac Mool*, deutsch von Maria Bamberg, Deutscher Taschenbuch Verlag, München 1982, S. 56–69.

59. Ernesto Volkening, *Anotado al margen de »Cien años de soledad«*, in: *Eco*, Tomo XV/3, Bogotá Juli 1967, S. 285 f.

60. *Der Herbst des Patriarchen*, S. 36 (ES, S. 28).

61. *Hundert Jahre Einsamkeit*, S. 40 (ES, S. 32).

62. *Der Herbst des Patriarchen*, S. 320 – dort »blöd« übersetzt – (ES, S. 259).

63. *Bericht eines Schiffbrüchigen*, S. 54 (*Relato de un náufrago*, Editorial La Oveja Negra, Bogotá 1979, S. 33).

64. Auch Fidel Castro ist anscheinend entgangen, daß sich ein Fehler bei der genauen Bezeichnung eines Jagdgewehres in alle Ausgaben und Übersetzungen eingeschlichen hat: die »Malincher Schonauer Büchse« ist eine deutsche Waffe – eine Mannlicher-Schönauer. Vgl. *Chronik*, S. 11; *Crónica, S. 12*, *Chronicle*, S. 3 usw.

Chronologie

von Jacques Gilard
aus: Gabriel García Márquez
UNE ODEUR DE GOYAVE
(Pierre Belfond, Paris 1982)
Aktualisiert bis 1993

1927 6. März: Gabriel José García Márquez wird in Aracataca (Provinz Magdalena) geboren. Er lebt dort bis zum Alter von acht Jahren bei seinen Großeltern. (Andere Quellen gehen von 1928 als Geburtsjahr aus. Anm. d. Übers.)

1928 Dezember: Der Streik der Arbeiter der United Fruit Co. in der »Bananenzone« (Ciénaga, Aracataca, Fundación) wird gewaltsam niedergeschlagen.

1930 Nach fünfunddreißig Jahren konservativer Herrschaft gewinnt der Kandidat der Liberalen Enrique Olaya Herrera die Präsidentschaftswahlen.

27. Juli: Pfarrer Francisco C. Angarita, der dazu beigetragen hatte, daß die Massaker vom Dezember 1928 bekannt wurden, tauft Gabriel García Márquez in der Kirche San José von Aracataca (und liefert das einzige Dokument, das eine einigermaßen glaubwürdige Auskunft über das Geburtsdatum des Schriftstellers gibt).

1934 Wahl des Liberalen Alfonso López Pumarejo. Beginn der »Revolución en marcha«.

1935 Gabriel García Márquez lebt nun bei seinen Eltern, die inzwischen in Barranquilla wohnen. Er geht in die Grundschulklassen der Simon Bolivar-Schule.

1940 Sein Vater macht eine Apotheke in Sucre auf (heutige Provinz

Bolívar), wohin die Familie auch zieht. García Márquez besucht die höhere Schule des Jesuitenkollegs San José in Barranquila. Seine ersten Texte werden in der Schulzeitung *Juventud* veröffentlicht.

1941 Unterbrechung der Schulausbildung; García Márquez verbringt das Jahr in Sucre.

1942 Rückkehr nach Barranquilla ins Kolleg San José; weitere Veröffentlichungen in *Juventud*.

1943 García Márquez verläßt die Atlantikküste und reist nach Bogotá, wo er die Prüfung für ein Stipendium besteht.
8. März: Er tritt als Internatsschüler in das staatliche Gymnasium von Zipaquirá ein, fünfzig Kilometer von Bogotá entfernt.

1945 Im Gymnasium von Zipaquirá gründet García Márquez *Literatura*, eine Zeitschrift, von der nur eine Nummer erscheint.

1946 Wegen der Spaltung der Liberalen, die im Lande die Mehrheit haben, wird der Konservative Ospina Pérez Präsident. Beginn der *violencia*.
Dezember: García Márquez macht Abitur.

1947 García Márquez beginnt an der Universidad Nacional in Bogotá, Jura zu studieren. Ohne selbst dort etwas zu veröffentlichen, betreut er die Universitätsbeilage der Tageszeitung *La Razón*. Er lernt Plinio Mendoza und Camilo Torres kennen.
September: Veröffentlichung seiner ersten Erzählung in der literarischen Beilage von *El Espectador (La tercera resignación – Die dritte Entsagung*, Anm. d. Übers.).
Oktober: Dieselbe Zeitung veröffentlicht seine zweite Erzählung (*Eva está dentro de su gato – Eva ist in ihrer Katze*, Anm. d. Übers.).
Dezember: García Márquez besteht die Prüfungen am Ende des ersten Studienjahres Jura.

1948 Januar: Veröffentlichung der dritten Erzählung von García Márquez, wieder in der literarischen Beilage von *El Espectador (Tubal-Caín forja una estrella – Tubal-Caín schmiedet einen Stern*, nicht auf deutsch veröffentlicht, Anm. d. Übers.).

9. April: Ermordung des Parteiführers der Liberalen, Jorge Eliécer Gaitán, und Volksaufstand (der *bogotazo*), der das ganze Land erfaßt und schließlich von der Armee niedergeschlagen wird.

21. Mai: García Márquez verläßt Bogotá, zieht nach Cartagena, nimmt dort sein Jurastudium wieder auf und veröffentlicht seinen ersten Artikel in einer lokalen Tageszeitung, *El Universal*; er arbeitet dort etwa 18 Monate gegen Zeilenhonorar. Anfangs schreibt er regelmäßig eine Kolumne unter dem Titel *Punto y aparte* (*Punkt, Absatz*).

Juli: *El Espectador* veröffentlicht seine vierte Erzählung (*La otra costilla de la muerte – Die andere Rippe des Todes*, Anm. d. Übers.).

September: Auf einer kurzen Reise kommt García Márquez mit der »Gruppe von Barranquilla« in Berührung.

Dezember: Er besteht die Prüfungen nach dem zweiten Studienjahr Jura.

1949 Januar: Veröffentlichung der fünften Erzählung in der Beilage von *El Espectador* (*Diálogo del espejo – Zwiesprache des Spiegels*, Anm. d. Übers.).

März / April: Wegen einer Lungenentzündung verbringt García Márquez mehrere Wochen bei seinen Eltern in Sucre. Seine Freunde aus Barranquilla schicken ihm Bücher: Er entdeckt in dieser Zeit Faulkner und Virginia Woolf. Er arbeitet an einem Roman mit dem Titel *La casa (Das Haus)*.

November: Die konservative Regierung setzt Verfassung und demokratische Rechte außer Kraft. *El Espectador* veröffentlicht García Márquez' sechste Erzählung (*Amargura para tres somnámbulos – Bitterkeit für drei Schlafwandler*, Anm. d. Übers.).

Dezember: Er fällt durch die Prüfungen nach dem dritten Studienjahr. Endgültiger Abbruch des Studiums. Kurze Reise nach Barranquilla. Er beschließt, dorthin zu ziehen.

1950 Januar: García Márquez wird Mitarbeiter gegen Zeilenhonorar bei *El Heraldo* in Barranquilla; Beginn seiner Kolumne *La jirafa* – (Die Giraffe), die er mit einem bei Virginia Woolf entlehnten Pseudonym unterzeichnet: Septimus (im Lauf seiner Zusammenarbeit mit *El Heraldo* erscheinen ungefähr vierhundert *Jírafas*).

April: Die Wochenzeitung *Crónica*, das Organ der »Gruppe von Barranquilla«, wird gegründet, García Márquez ist bis zum Ende des Jahres ihr Redakteur und Direktor. Veröffentlichung von fünf Erzählungen und drei »Notizen für einen Roman«. Arbeit an *La hojarasca* (*Laubsturm*), zahlreiche journalistische Aktivitäten.

1951 Februar: García Márquez kehrt nach Caratagena zurück, wohin auch seine Eltern gezogen sind; er arbeitet bis Juli für *El Heraldo* von Barranquilla. Ohne die Artikel zu unterzeichnen, schreibt er auch wieder in *El Universal*.

Im September gründet er *Comprimido*, eine gratis verteilte Zeitung, von der nur zwei Nummern erscheinen.

1952 Februar: Rückkehr nach Barranquilla, wo er die Veröffentlichung von *La jírafa* bei *El Heraldo* wieder aufnimmt. Das Manuskript von *La hojarasca* wird vom Verlag Losada in Buenos Aires abgelehnt. García Márquez arbeitet wieder an seinem ersten Romanprojekt, *La casa*.

1953 Januar: García Márquez gibt den Journalismus auf und wird Reisevertreter einer Buchhandlung; er bereist die Atlantikküste. Lektüre von *Der alte Mann und das Meer*.

Juni: Militärputsch gegen die Diktatur der Konservativen; General Rojas Pinilla übernimmt die Macht.

Oktober: Rückkehr zum Journalismus; drei Monate lang ist García Márquez zusammen mit seinem Freund Álvaro Cepeda Samudio Chef von *El Nacional* in Barranquilla.

1954 Februar: Er fängt als Redakteur bei *El Espectador* in Bogotá an und schafft eine wöchentliche Filmchronik, die erste dieser Art in Kolumbien.

Juni: Die Armee schießt in eine Studentendemonstration in Bogotá. Die *violencia* lebt im Landesinneren wieder auf.

Juli: Mit der Erzählung *Un día después del sábado* (Ein Tag nach dem Samstag) gewinnt García Márquez einen nationalen Literaturwettbewerb. Brillante Reportagen: Er wird der Star-Journalist von *El Espectador*.

1955 März–April: Die Reportage über den Schiffbrüchigen Luis Alejandro Velasco wird zum nationalen Skandal.

Mai: Veröffentlichung von *La hojarasca* in Bogotá.
Juli: García Márquez wird als Korrespondent von *El Espectador* nach Europa geschickt. Er berichtet zunächst über die Konferenz der »Großen Vier« in Genf.
August: Er siedelt nach Rom über.
September: Er berichtet von den Festspielen in Venedig.
Oktober: Geheimgehaltene Reise nach Polen und die Tschechoslowakei.
Dezember: Umzug nach Paris, wo er Plinio Mendoza wiedertrifft.

1956 Januar: Schließung von *El Espectador* durch die Militärregierung.
Februar: Die Zeitung erscheint unter dem Namen *El Independiente* neu.
März–April: García Márquez berichtet über die Geheimnisverratsaffäre.
April: *El Independiente* stellt das Erscheinen ein; García Márquez ist wieder ohne Einkommen in Frankreich.
September: Durch Vermittlung von Plinio Mendoza kann er in Caracas in der Wochenzeitung *Elite* einige Chroniken veröffentlichen. Die Zusammenarbeit dauert bis März 1957.

1957 Januar: García Márquez beendet *El coronel no tiene quien le escriba (Der Oberst hat niemand, der ihm schreibt).*
Mai: General Rojas Pinilla muß die Macht an eine Júnta abgeben, die die Rückkehr zum parlamentarischen System vorbereitet. Zusammen mit Plinio Mendoza reist García Márquez nach Ost-Deutschland.
Gemeinsame Reise mit Plinio Mendoza in die UdSSR; von dort fährt García Márquez nach Ungarn.
Oktober: Rückkehr nach Paris. Er schreibt eine lange Reportage über die osteuropäischen Länder, die in Auszügen in Caracas erscheint, bis sie 1959 vollständig in Bogotá herauskommt.
November: García Márquez verläßt Paris und geht nach London.
Dezember: Plinio Mendoza verschafft ihm einen Posten als Redakteur bei der venezolanischen Wochenzeitschrift *Momento.* García Márquez siedelt nach Caracas über. In Ko-

lumbien wird durch Volksentscheid das System der Nationalen Front eingeführt, das in einer Teilung der Macht zwischen Liberalen und Konservativen besteht.

1958 Januar: Sturz des venezolanischen Diktators Pérez Jiménez.

März: Während einer kurzen Reise nach Kolumbien heiratet García Márquez Mercedes Barcha Pardo.

Mai: Plinio Mendoza und García Márquez verlassen *Momento* und arbeiten für verschiedene Organe der »Capriles-Kette« (García Márquez wird dabei Chefredakteur von *Venezuela Gráfica*); Veröffentlichung von *El coronel no tiene quien le escriba* in der literarischen Zeitschrift *Mito* in Bogotá. Im weiteren Verlauf des Jahres schreibt García Márquez verschiedene Erzählungen, die später in *Los funerales de la Mama Grande* (*Das Leichenbegängnis der Großen Mama*) gesammelt wurden, und arbeitet an dem Roman *La mala hora* (*Die böse Stunde*).

1959 Januar: Militärischer Sieg der kubanischen Revolution; García Márquez und Plinio Mendoza verbringen einige Tage in Kuba.

Mai: García Márquez zieht wieder nach Kolumbien, Plinio Mendoza ist ihm schon vorausgefahren. Sie gründen das Büro von *Prensa Latina*. Erste Neuauflage von *La hojarasca* anläßlich einer Buchmesse. Geburt von Rodrigo García Barcha; Camilo Torres tauft ihn. García Márquez schreibt die Erzählung *Los funerales de la Mama Grande*.

1960 García Márquez verläßt Bogotá und reist nach Havanna, wo er weiter für *Prensa Latina* arbeitet. Von dort wird er als Korrespondent nach New York geschickt.

1961 Scheitern der gegen Fidel Castro gerichteten Invasion von Playa Girón (Schweinebucht).

Neuauflage von *El coronel no tiene quien le escriba* in Medellín, Kolumbien.

Juni: García Márquez tritt von seinem Posten bei *Prensa Latina* zurück, verläßt New York und zieht mit seiner Frau und seinem Sohn nach Mexiko. Dort lebt er von journalistischen Arbeiten sowie vom Schreiben von Filmdrehbüchern. Mit dem Manuskript von *La mala hora* nimmt er an einem nationalen Literaturwettbewerb teil, den die Ölgesellschaft ESSO in Bogotá veranstaltet, und erhält den ersten Preis.

1962 Geburt von Gonzalo García Barcha. *Los funerales de la Mama Grande* wird von der Universität von Veracruz (Mexiko) herausgegeben. Veröffentlichung von *La mala hora* in einer »korrigierten« Ausgabe, der der Autor seine Anerkennung verweigert.

1963 Der Verlag ERA in Mexiko legt *El coronel no tiene quien le escriba* neu auf.
García Márquez arbeitet an einer ersten Fassung von *El otoño del patriarca* (*Der Herbst des Patriarchen*).

1965 Beginn der Arbeit an *Cien años de soledad* (*Hundert Jahre Einsamkeit*), unter diesem Titel die endgültige Fassung des Romans *La casa*, den er 1949 in Cartagena angefangen hatte. Kampagne von Camilo Torres in Kolumbien für die »Frente Unido«. Wiederinkraftsetzung der Nationalen Front.

1966 Tod von Camilo Torres in der Guerilla. Neuauflage von *La mala hora* bei ERA (erste vom Autor anerkannte Ausgabe).

1967 April: Erscheinen von *Cien años de soledad* in Buenos Aires; sofortiger Erfolg, in der Folge viele Nachauflagen und die Neuauflage früherer Bücher von García Márquez.
August: Besuch des Papstes in Kolumbien. Reise von García Márquez durch Lateinamerika (Argentinien, Peru, Kolumbien, Venezuela).

1968 García Márquez verläßt Mexiko und zieht nach Barcelona.

1969 *Cien años de soledad* (*Cent ans de solitude*, 1968) erhält den französischen Preis für das beste ausländische Buch. García Márquez arbeitet an *El otoño del patriarca.*

1970 Manipulierte Präsidentschaftswahlen in Kolumbien; der frühere Diktator Rojas Pinilla, der das System der Nationalen Front wieder in Kraft gesetzt hatte, wird um seinen Wahlsieg betrogen. Erscheinen von *Relato de un náufrago* (*Bericht eines Schiffbrüchigen*) in Barcelona.
García Márquez unternimmt eine lange Reise durch die Karibik, nachdem er es abgelehnt hat, Konsul seines Landes in Barcelona zu werden.

1971 Affäre Padilla in Kuba. García Márquez weigert sich, gemeinsam mit den anderen lateinamerikanischen Intellektuellen mit dem kubanischen System zu brechen.

1972 Veröffentlichung des Erzählungsbandes *La increíble y triste historia de la cándida Eréndira y su abuela desalmada* (*Die unglaubliche und traurige Geschichte von der einfältigen Eréndira und ihrer herzlosen Großmutter*, enthalten in: *Das Leichenbegängnis der Großen Mama*, Anm. d. Übers.).
García Márquez erhält in Caracas den Romulo-Gallegos-Preis für den besten hispanoamerikanischen Roman der letzten fünf Jahre. Er schenkt das Geld davon der MAS, einer linken venezolanischen Partei.

1973 Zur Finanzierung des Wahlkampfes der MAS autorisiert García Márquez die Veröffentlichung eines Teils seiner Artikel, die von 1957 bis 1958 in Venezuela erschienen waren, in Buchform (keine deutsche Buchausgabe, Anm. d. Übers.).

1974 Alfonso López Michelsen wird in Kolumbien zum Präsidenten gewählt. Für das Land beginnt die Zeit nach der Nationalen Front. García Márquez verläßt Barcelona und zieht wieder nach Mexiko. In Kolumbien beteiligt er sich an der Gründung der linken Wochenzeitschrift *Alternativa*.

1975 Erscheinen von *El otõno del patriarca*. García Márquez spielt immer aktiver die Rolle des geheimen Botschafters für fortschrittliche und humanitäre Belange in Lateinamerika und der Dritten Welt. Er nimmt als Geschworener am Russell-Tribunal teil.

1978 García Márquez gründet die Stiftung *Habeas* für die Verteidigung der Menschenrechte und den Schutz und die Befreiung der politischen Gefangenen in Lateinamerika. In Kolumbien wird mit seiner Unterstützung die politische Bewegung *Firmes* gegründet.
Am 6. September verkündet der neu gewählte Präsident Turbay den Ausnahmezustand.

1979 Im Auftrag der Stiftung *Habeas* Treffen mit dem Papst und dem spanischen König. Weitere humanitäre Missionen.

1980 September: García Márquez beginnt regelmäßig für *El Espectador*, Bogotá, zu schreiben; seine Kolumnen werden von mehreren großen Zeitungen der spanischsprechenden Welt übernommen.

1981 Februar: Erscheinen des ersten Bandes des journalistischen Werkes in Barcelona (*Textos costeños*, hrsg. von Jacques Gilard, Verlag Bruguera, Anm. d. Übers.).
März: Weil er sich von den kolumbianischen Militärs bedroht fühlt, verläßt García Márquez überstürzt sein Land, wo er ursprünglich längere Zeit bleiben wollte. Er kehrt nach Mexiko zurück.
April: Gleichzeitiges Erscheinen von *Crónica de una muerte anunciada* (*Chronik eines angekündigten Todes*) in Bogotá, Barcelona und Buenos Aires; die Gesamtauflage dieser Erstausgaben übersteigt zwei Millionen Exemplare. Das Buch wird sofort in zahlreiche Sprachen übersetzt.
Dezember: García Márquez wird vom französischen Staatspräsidenten François Mitterrand in die Légion d'honneur aufgenommen.

1982 Veröffentlichung der Gespräche mit Plinio Apuleyo Mendoza unter dem Titel *El olor de la guayaba* beim Verlag Bruguera in Barcelona.
Jacques Gilard gibt den zweiten Band des journalistischen Werkes von García Márquez *Entre Cachacos I* und *II* heraus, der die Arbeiten bis zum Februar 1955 umfaßt.
Dezember: Gabriel García Márquez reist nach Stockholm, um den Nobelpreis für Literatur 1982 entgegenzunehmen.

1984 Mitglied der Jury beim Filmfestival von Cannes.
García Márquez schreibt in Cartagena an dem Roman *Die Liebe in den Zeiten der Cholera.*

1985 Die Originalausgabe von *Das Abenteuer des Miguel Littin – Illegal in Chile* erscheint. Francesco Rosi verfilmt *Chronik eines angekündigten Todes*. Im November erscheint die Originalausgabe von *Die Liebe in den Zeiten der Cholera.*

1986 García Márquez unterstützt persönlich und finanziell den Aufbau der Hochschule für Film und Fernsehen in Kuba.

1988 Uraufführung von *Liebestirade gegen einen sitzenden Mann* in Buenos Aires.

1989 Die Originalausgabe von *Der General in seinem Labyrinth* erscheint.

1990 Sechs Fernsehfilme unter dem gemeinsamen Titel *Amores difíciles* entstehen nach Drehbüchern von García Márquez.

1991 García Márquez redigiert die neue kolumbianische Verfassung.

1992 Er übernimmt die Leitung einer Nachrichtensendung des kolumbianischen Fernsehens. *Doce cuentos peregrinos* erscheint.

1993 Die deutsche Ausgabe des Erzählungsbandes *Doce cuentos peregrinos* erscheint im Februar unter dem Titel *Zwölf Geschichten aus der Fremde.*

Ausgaben der Werke von Gabriel García Márquez

1. In spanischer Sprache

La hojarasca. Roman. Ediciones S. L. B., Bogotá 1955.

El coronel no tiene quien le escriba. Roman. In: *Mito*, IV, 19, Bogotá Mai–Juni 1958. Erste Buchausgabe: Aguirre Editor, Medellin (Kolumbien) 1961.

Los funerales de la Mama Grande. Erzählungen. Universidad Veracruzana, Xalapa (Mexiko) 1962.

La mala hora. Roman. Talleres de Gráficas Luis Pérez, Madrid 1962. Literaturpreis von Esso-Columbiana, mit Unterstützung dieser Gesellschaft verlegt; unautorisierte Ausgabe.

La mala hora. Roman. Ediciones ERA, Mexiko 1966.

Cien años de soledad. Roman. Editorial Sudamericana, Buenos Aires 1967.

Relato de un náufrago... Reportage. Tusques Editor, Barcelona 1970. Cuardenos Marginales, Nr. 8.

La increible y triste historia de la cándida Eréndira y de su abuela desalmada. Erzählungen. Barral Editores, Barcelona 1972. Hispanica Nova, Nr. 40.

Chile, el golpe y los gringos. Editorial Latina, Bogotá 1974.

Ojos de perro azul. Erzählungen. Plaza y Janés Editores, Barcelona 1974.

El otoño del patriarca. Roman. Plaza y Janés Editores, Barcelona und Editorial Sudamericana, Buenos Aires 1975.

Operación Carlota. Mosca azul, Lima 1977.

Periodismo Militante. Son de Máquina Editores, Bogotá 1978.

Obra periodística. Vol. 1. Textos costeños, Hrsg. und eingeleitet von Jacques Gilard. Editorial Bruguera, Barcelona 1981. Narradores de hoy, Nr. 48.

Crónica de una muerte anunciada. Roman. Editorial Bruguera, Barcelona 1981. Narradores de hoy, Nr. 60.

Obra periodística. Vol. 2. Entre cachacos I. Herausgegeben und eingeleitet von Jacques Gilard. Editorial Bruguera, Barcelona 1982. Narradores de hoy, Nr. 65.

Obra periodística. Vol. 3. Entre cachacos II. Herausgegeben und eingeleitet von Jacques Gilard. Editorial Bruguera, Barcelona 1982. Narradores de hoy, Nr. 67.

Obra periodística. Vol. 4. De Europa y América (1955–1960). Herausgegeben und eingeleitet von Jacques Gilard. Editorial Bruguera, Barcelona 1983. Narradores de hoy, Nr. 76.

El asalto. Nueva Nicaragua. Managua 1982 (zunächst als Filmszenario unter dem Titel »Viva Sandino«).

El secuestro – Guión Cinematográfico. Oveja Negra. Bogotá 1982.

El rastro de tu sangre en la nieve. El verano feliz de la Señora Forbes. W. Dampier Ed., Bogotá 1982.

El amor en los tiempos del colera. Roman. Bruguera, Barcelona 1985.

Diatriba de amor contra un hombre sentando. Monolog in einem Akt. Ediciones originales, Barcelona 1988.

El general en su laberinto. Roman. Mondadori, Madrid 1989.

Doce cuentos peregrinos. Mondadori, Madrid 1992.

In deutscher Übersetzung

Die nicht näher bezeichneten deutschen Ausgaben sind im Verlag Kiepenheuer & Witsch, Köln, erschienen.

Hundert Jahre Einsamkeit. Roman. Aus dem Spanischen von Curt Meyer-Clason, 1970.

Das Leichenbegängnis der Großen Mama und andere Erzählungen. Herausgegeben, aus dem Spanischen übersetzt und mit einem Nachwort von Curt Meyer-Clason, 1970.

Laubsturm. Roman. Aus dem Spanischen von Curt Meyer-Clason, 1975.

Der Oberst hat niemand, der ihm schreibt. Roman. Aus dem Spanischen übersetzt und mit einem Nachwort von Curt Meyer-Clason, 1976, KiWi 23, 1983.

Der Herbst des Patriarchen. Roman. Aus dem Spanischen von Curt Meyer-Clason, 1978.

Die böse Stunde. Roman. Aus dem Spanischen übersetzt von Christiane und Curt Meyer-Clason, 1979.

Chronik eines angekündigten Todes. Roman. Aus dem Spanischen von Curt Meyer-Clason, KiWi 39, 1983.

Augen eines blauen Hundes. Frühe Erzählungen. Aus dem Spanischen und mit einem Nachwort von Curt Meyer-Clason, KiWi 26, 1982. (Zuerst erschienen unter dem Titel »Die Nacht der Rohrdommeln«, 1980).

Bericht eines Schiffbrüchigen. Aus dem Spanischen von Christiane und Curt Meyer-Clason, KiWi 13, 1982.

Die Giraffe aus Barranquilla. Journalistische Arbeiten 1948–1952. Ausgewählt von Ricardo Bada und José Moral. Deutsch von Hildegard Moral, KiWi 45, 1984.

Der Beobachter aus Bogotá. Journalistische Arbeiten 1954–1955. Ausgewählt von Ricardo Bada und José Moral. Deutsch von Hildegard Moral, KiWi 71, 1985.

Zwischen Karibik und Moskau. Journalistische Arbeiten 1955–1959. Ausgewählt von Ricardo Bada. Deutsch von Hildegard Moral, KiWi 107, 1986.

Die unglaubliche und traurige Geschichte von der einfältigen Eréndira und ihrer herzlosen Großmutter. Sieben Erzählungen. Aus dem Spanischen von Curt Meyer-Clason, KiWi 102, 1986.

Die Geiselnahme. Mit einem Vorwort von Antonio Skármeta. Aus dem Spanischen von Tom Koenigs. Deutscher Taschenbuch Verlag, dtv 10295, München 1986.

Die Liebe in den Zeiten der Cholera. Roman. Aus dem kolumbianischen Spanisch von Dagmar Ploetz, 1986.

Das Abenteuer des Miguel Littín – Illegal in Chile. Aus dem Spanischen von Ulli Langenbrinck, 1987, KiWi 214, 1990.

Der General in seinem Labyrinth. Roman. Aus dem kolumbianischen Spanisch von Dagmar Ploetz, 1989.

Die Erzählungen. Aus dem kolumbianischen Spanisch von Curt Meyer-Clason, 1990, KiWi 222, 1990 (Sammelband aus: »Augen eines blauen Hundes«, »Die unglaubliche und traurige Geschichte...« und »Das Leichenbegängnis der Großen Mama«).

Zwölf Geschichten aus der Fremde. Deutsch von Dagmar Ploetz und Dieter E. Zimmer, 1993.

Bildnachweis

6. © César Malet 1970.
13. © Fina Torres.
15. und 16. © Eva Rubenstein 1981.
Die übrigen Fotos befinden sich in Privatbesitz.